이상한 나라의 소설가

dot.23 박대겸

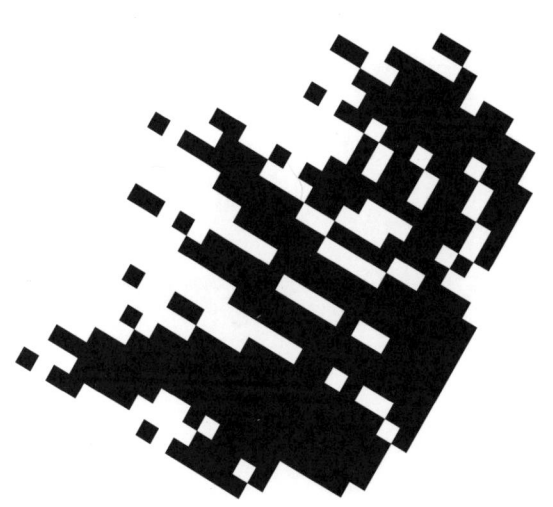

이상한 나라의 소설가

아작

toc.

1부 __ 7

2부 __ 37

3부 __ 137

작가의 말 147

1부

이상한 제안을 받았다.

"맥거핀 드실래요?"

아니, 이건 제안이 아니다. 토끼가 처음 내게 건넨 말이다.

근데 뭐라고? 맥거핀?

그게 뭐야. 커피 이름인가.

그건 그렇고 이 사람 뭐지? 갑자기 어디에서 나타났지?

당시 내가 있던 곳은 반포대교 한가운데였다. 차도 위를 달리는 차들을 빼면 주변엔 아무도 없었다.

나는 모든 걸 삼켜버릴 듯한 까만 한강을 내려다보고 있었다.

★

이야기를 잠시 몇 시간 전으로 돌려보자.

핸드폰 연락처에서 내 이름을 삭제한 게 아닐까 하는 의문이 들 만큼 먼저 안부를 묻거나 약속을 잡는 일이 없던 종윤이 갑자기 전화를 걸어와 술을 마시자고 했다. 이야, 하는 감탄성을 내뱉고 한동안 말이 없으니 종윤이 왜, 라고 물었다.

"니가 먼저 연락한 게 살면서 몇 번이나 있었는지 헤아리고 있다."

"그렇게 오랜만에 연락을 받았으면 무슨 일 때문에 전화했는지 물어봐야지."

"무슨 일 있다고 니가 연락한 적 있나?"

밤 10시쯤 사당역에서 만나 항상 가던 포장마차로 향했다. 그때까지만 해도 평소에 연락도 잘 안 하는 종윤이 갑작스레 전화를 걸어 술을 마시자고 한 이유에 대해 궁금해하지 않았다. 그런데 소주잔을 비우기도 전에 종윤이 한 말은 조금 의외였다.

"니 민정이 사라진 거 아나?"

사라지다니.

"그게 무슨 말이고?"

"사라졌다고. 지금 민정이가 행방불명됐다는 말이다."

행방불명이라니… 그럼 어서 찾아볼 생각을 해야지, 여기서 한가하게 술이나 마시고 있을 게 아니라.

"경찰에 신고는 했나?"

"그게 지금 좀 곤란한 상황인데, 메모를 남겨뒀다고 하더라고."

"무슨 메모? 야, 근데 이 얘기 누구한테 들었는데?"

"누구긴 누구겠노. 대익이 형한테 들었지."

종윤이 대익이 형이라고 말한 사람은 다름 아닌 민정의 남자친구이자 얼마 후면 남편이 될 사람이었다. 종윤이 사진 동호회인지 영화 동호회인지 어디에서 알게 된 사람인데, 민정과 소개팅을 했다고 했나, 아니면 그냥 술자리에서 알게 됐다고 했나, 아무튼 둘이 눈이 맞아 사귀게 됐고, 연애한 지는 2년이 좀 넘었다. 종윤이야 대익 형이라는 사람과 종종 연락도 주고받으며 친하게 지내는 것 같았지만 나는 딱 한 번밖에 만난 적이 없었다. 사실 만났다고 하기도 조금 애매한 것이, 대화는커녕 얼굴도 제대로 못 봤기 때문이다. 1년쯤 전, 지금 이곳에서 종윤, 민정과 새벽까지 술을 마셨던 적이 있는데 그때 이 남자가 민정을 데리러 왔다. 잠깐 인사라도 하겠구나 생각했지만 이게 웬걸, 민정만 차에 태운 채 순식간에 사라졌던 것이다. 물론 차를 정차시키고 잠시 인사를 나누기는 했다. "안녕하세요, 민정이랑 종윤이한테 말씀 많이 들었습니다. 최대익이라고 합니다." "저도 말씀 많이 들었습니다, 박대겸이라고 합니다." "그럼 전 내일 출근도 있고 해서 민정이랑 먼저 가봐야겠습니다." 뭐라고? 그냥 이렇게 곧바로 간다고? 하지만 그런 상황에서 내가 뭐라고 대꾸하겠는가. "아, 네." 이 정도? 어이가 없어서 허허, 하며 웃기도 한 것 같다.

"그 사람이랑 종종 연락하나 보네?"

"가끔 문자나 주고받는 정도지. 암튼 대익이 형이 오늘 오후에 갑자기 전화를 하더니 민정이가 사라졌다고 하더라고."

"메모 남겼다면서, 그건 뭔데?"

"머리 좀 정리하고 싶다고 여행 하겠다고 했다네? 그동안 핸드폰 꺼둘 테니 이해 좀 해달라면서."

"걔가 정리할 머리가 뭐가 있노. 머리카락이나 정리하라고 하지."

"니나 내나 민정이 성격 안다 아이가. 별로 담아두는 거 없이 할 얘기 다 하는 애잖아. 대익이 형도 처음 봤을 때 그 모습에 반했다고 했는데."

"그러고 나서 여태 연락이 없다고?"

"그렇다고 하더라고. 처음엔 대익이 형도 한 사나흘쯤 여행하겠지 생각했대. 근데 그게 닷새가 되고 엿새가 되니까 걱정이 된 거지. 핸드폰은 계속 꺼져 있는 상태고."

"핸드폰 위치 추적 같은 건 해봤다드나?"

"어."

"그랬더니?"

"민정이 지 책상 서랍 안에 놔두고 나갔더라고."

"결혼을 한 달 앞둔 34세 여자의 행방불명이라." 내가 중얼거렸다.

"이제 한 달도 안 남았다. 20일 좀 넘게 남았나?"

"시간이 벌써 그렇게 됐네."

"아무리 민정이라도 심경이 좀 복잡하겠지. 여자가 아니라서 잘은 모르겠지만."

"여자도 아니고, 넌 어차피 결혼할 생각도 없잖아."

"니도 마찬가지잖아."

"난 생각은 있다. 상대가 없어서 그렇지. 돈도 없고."

주문한 두루치기가 나왔다. 우리는 잔을 부딪치고 소주를 마셨다. 빈 잔에 술을 따르며 종윤이 물었다.

"혹시 짚이는 데 없나?"

"민정이가 갈 만한 데?"

"그래도 나보다는 니가 연락 자주 하는 편이잖아."

니나 내나 거기서 거기지, 라고 말하려는 순간, 얼마 전에 민정과 술 마셨던 일이 떠올랐다. 얼마 전이라고 해도 벌써 두 달 전, 설 연휴가 끝나고 나서였다. 작년 12월에 만나고 두 달 만이기도 했다. 민정이 먼저 문자를 보내왔다. [머하냥]. 마침 핸드폰으로 트위터를 보고 있던 중이라 곧장 답문을 보냈다. [님하 생각]. 영혼 없는 멘트였다. 그러자 다시 메시지가 왔다. [나도 니 생각]. 역시나 영혼 없는 메시지. 이후, [집이냥]이라 묻길래 [그렇다냥]이라 답했고, [술 한 잔 하겠느냥]이라 묻기에 [그러자냥]이라 답했다. 그러고 나서 두어 시간쯤 후에 만났다. 그나저나 만나서 무슨 얘기를 했더라. 이제 결혼이 몇 달밖에 안 남았네, 준비는 잘 돼가나, 막상 결혼하려니 심란하제, 유부녀 되면 이렇게 늦게까지 술 마실 일도 없겠네, 근데 결혼 전에 니 남친 얼굴이나 한 번 더 볼 수 있으려나, 바쁜 분이기도 하시지… 잠깐 잠깐 잠깐. 이건 전부 내가 한 말이잖아. 민정이 뭐라고 했더라. 아, 맞다. "나랑 제주도 갈래?" "내가 니랑 제주도에 왜 가노. 니 남친이랑 가라." "일하잖아." "그래서 백수인 나랑 가겠다?" "한가하고 좋잖아." "얘가 결혼 몇 달 안 남았다고 바람이 들었나. 어디 감히 외간 남자랑 단둘이 여행 갈 생각을 하고 있노." "네가 외간 남자였구나. 못 알아봐서 미안하다." "남편이나 친척 아니면 다 외간 남자지." "그래서 가겠다는 거야 말겠다는 거야." "백수 짓 하루라도 더 하려면 돈 아껴야 된다." "하여튼 너나 종윤이나 사는 꼬라지 보면 답이 없다 답이 없어." "종윤이한테도 같이 가자고 해봤나?" "너랑 먼저 연락이 돼서 너한테 먼저 말했지."

  그러고 보니 제주도에 가고 싶다고 했구나.

"혹시 민정이가 제주도에 같이 가자고 말한 적 없나?" 종윤에게 물었다.

"제주도? 그런 적 없는데?"

"두 달쯤 전엔가 만났을 때 그런 얘기 했는데. 갑자기 그게 떠오르네."

"맞다, 걔 제주도 좋아하잖아. 매년 봄마다 제주도 가서 올레길 걸었던 것 같기도 하고."

"왠지 제주도 갔을 것 같은데. 음, 그럴 것 같네. 거사를 앞두고 올레길 걸으면서 자기 자신을 되돌아보는 거지. 과연 나는 잘 살고 있는가. 결혼하고 나면 내 인생은 어떻게 바뀔 것인가. 나는 어떻게 살아야 하나."

"그러면 굳이 핸드폰까지 놔두고 갈 이유가 있나."

"잠시 속세와의 연을 끊고 혼자만의 세상에 몰입하고 싶었겠지."

이렇게 말하고 나니 정작 속세와 연을 끊고 잠시 제주도에 다녀와야 할 사람은 민정이 아니라 나라는 생각이 들었다. 나는 언제까지 알바와 백수의 삶을 반복하며 아무 비전도 보이지 않는 소설 창작에 매진하고 있어야 할까. 언제까지 이렇게 살 수 있을까.

작년에 첫 장편소설이 출간돼 잠시 희망에 부풀기도 했지만 고작해야 한 달밖에 이어지지 않았다. 애초에 대단한 문학상을 수상하며 출간된 작품도 아니고 유명한 소설가나 평론가가 호평한 작품도 아니라 독자들의 관심은 미미하기 짝이 없었다. 어느 작가의 말처럼 작가가 할 수 있는 최고의 작품 홍보는 차기작을 출간하는 일인데, 집필할 때마다 매번 출간 기회를 얻을 수 있는 것도 아니고 만약 그렇다고 한들 서너 달에 한 권씩 뚝딱뚝딱 단행본을 출간할 수 있는 것도 아니다. 쓰고, 투고하고, 거절당하고. 다시 쓰고, 다시 투고하고, 다시 거절당하고. 나는 언제쯤 소설가로 인정받아 거절당하지 않고 출판하며 살 수 있을까. 아니 그보다, 나는 언제쯤 스스로를 소설가로서 받아들일 수 있을까.

어쨌거나 그 후 민정에 대한 얘기는 일단락되었다. 어차피 우리가 걱정한다고 민정이 알아줄 것 같지도 않았고, 미리 메모까지 남겨뒀으니 그럴 만한 이유가 있으리라 판단했다.

"때 되면 나타나겠지."

내 말을 끝으로 종윤과 나는 각자의 이야기를 주

고받았다. 종윤은 얼마 전부터 중고 서점에서 아르바이트를 시작했다고 했고, 나는 아무것도 안 하는데 시간이 왜 이렇게 빨리 가는지 모르겠다고 했다. 서로 몸이 어디가 안 좋은지 대결이라도 펼치 듯 떠들었고, 나이가 들면서 점점 술을 못 마시겠다고 엄살을 부렸으며, 요즘 어떤 영화나 드라마나 소설이 재미있는지 대화를 나누었다. 요컨대, 굳이 요약할 필요도 없는 쓸데없는 이야기들, 하루만 지나면 기억에서 사라지고 없어질 말들을 주고받았다.

우리는 적당히 술을 마시다가 술자리를 파했다.

"혹시 민정이한테 연락 오면 알려줘."

그렇게 말하고 종윤은 택시를 탔다. 택시는 과천 방향으로 향했다.

밤바람이 좋았다. 오랜만에 좀 걸어볼까. 귀에 이어폰을 꽂고 핸드폰에 담긴 음악을 랜덤으로 재생시켰다. 나는 한강 쪽으로 걸음을 옮겼다.

종윤에게는 하지 않은 이야기가 있었다. 민정은 결혼하고 나서 두어 달 후 독일로 떠난다. 라면 회사에 다닌다는 최대익이 3~4년 정도 독일로 파견 근무를 나가기 때문이었다. 결혼 생각이 그다지 강하지 않던 민정이 갑자기 결혼을 결정한 건 그 때문이었다. 다소 급하게 성사된 결혼. 종윤과 나는 작년 연말 청첩장을 받고 나서야 민정의 결혼 소식을 알게 되었다. 어차피 여기까지는 종윤도 다 아는 내용이다.

종윤에게 할 수 없었던 이야기는 다음과 같다. 민정과 나는 두어 달 전 만났을 때 술을 좀 많이 마셨다. 어차피 만나면 늘 많이 마셨다. 하지만 그날은 좀 특별했다. 자, 이제 충분히 상상 가능할 법한 스토리. 서로를 친한 친구 사이라고만 생각하던 만 34세의 남자와 여자. 하지만 결혼을 몇 달 앞둔 여자의 심경이 조금 복잡한 상태였고, 그 상태로 술을 마셨던 것이다. 어떻게 됐을까. 뒤늦게 서로에게 친구 이상의 감정이 있다는 걸 깨닫기라도 했을까. 그래서 어찌할 바 모른 채 어색한 시간을 보내다가 그만 사고라도 친 걸까. 어차피 사당역 근처에는 쉬어갈 곳이 많으니까. 하지만 아니다. 조금은 덜 진부한 이야기다. 술집에서 나와 거리를 걷던 중 술에 취한 여자는 발을 헛디딘다. 남자는 기우뚱 넘어지려는 여자의 팔뚝을 붙잡으며 "술 취하더니 길에서 자빠지고 잘한다."라고 말한다. 그 순간, 남자로선 전혀 예상하지 못했던 일이 벌어진다. 팔뚝이 붙잡힌 여자가, 남자의 말이 채 끝남과 동시에 그대로 입을 맞춘 것이다. 말 그대로 입맞춤이었다. '설왕설래'할 틈도 없었고, 이게 뭐야, 남자가 의문을 가질 때쯤 이미 여자는 입술을 떼고 난 후였다. 영혼 없는 문자질에 이은 영혼 없는 입맞춤. 입술을 뗀 것도 여자가 먼저였고 입을 뗀 것도 여자가 먼저였다. "역시 별 느낌 없구나." 그제야 남자도 퍼뜩 정신이 들었다. "이게 미쳤나. 도로 한복판에서 뭐 하는 짓이고." 남자의 어이없는 표정을 보며 여자는 이렇게 대꾸한다. "아이구, 우리 대겸이, 갑자기 뽀뽀해서 놀랐구나. 미안, 미안. 근데 그렇게 놀랄 것 없잖아. 어차피 너나 나나 아무 감정 없으니까."

나는 입술을 만지작거렸다. 정말 아무 감정도 없었나?

없었다. 조금 당황한 것 말고는. 좋은 감정도 아니었고 그렇다고 나쁜 감정도 아니었다. 타인의 입술과 나의 입술이 물리적으로 잠깐 맞닿았다가 떨어졌다는 사실 외에 특별히 남아 있는 것은 없었다.

하지만 이것은 나의 사실이다. 민정의 사실이 어떤지는 모른다. 당시 민정은 아무 감정이 없다고 했지만 아쉽게도 그것이 진실인지 거짓인지는 민정밖에 모른다.

 설마, 아니겠지. 어차피 민정은 거짓말을 못 하는 성격이다. 거짓말을 했으면 곧바로 들통이 났을 것이다. 자신의 마음을 숨긴 채 그렇게 뻔뻔하게 연기할 캐릭터가 아니다.

 아니, 어쩌면 그 당시에는 그게 진실이었을지도 모른다. 혹시나 하는 마음에 입맞춤을 해봤지만, 그러면 그렇지! 역시나! 하고 자신의 마음을 확인할 수 있었다. 하지만 집으로 돌아가서 자신이 했던 일에 대해 다시 생각하게 됐고, 자꾸만 떠오르는 그때의 영상을 떨쳐내며 잠들어보려 하지만 잠은 오지 않고, 그렇게 잠들지 못하는 밤은 늘어만 가고, 시간이 흐르면 흐를수록 메마른 흙바닥에 조금씩 윤기가 돌기 시작하고, 그러던 어느 순간, 완전히 없을 줄만 알았던 감정의 새싹이 자라난 걸 보며 스스로도 까맣게 몰랐던 누군가에 대한 마음을 깨닫게 된다?

 …….

뭐라는 거냐.

망상도 가지가지 한다. 민정이 무슨 1, 2년 된 친구도 아니고. 대학 시절부터 벌써 10년이 훌쩍 넘은 친구인데.

아유, 모르겠다, 모르겠어. 민정은 순전히 자기만의 문제로 잠수를 탔을 텐데 괜한 일을 떠올려서 고민할 필요는 없다. 쓸데없는 일이야, 어차피 민정은 그때 나와 있었던 일 같은 건 기억조차 못 할 테니.

마침 비틀즈의 노래 가사가 귀에 들어왔다.

"고민은 떨쳐버리고 마음 편하게 가져. 물 흐르는 대로 흘러가는 거야."

그래, 고민한다고 해결되는 문제는 없다. 물 흐르는 대로 가야지. 발길 닿는 대로 걸어야지.

*

걷기 시작할 당시 내 계획은 이수역 방향으로 걸어 올라가 동작대교를 건넌 뒤 택시를 타고 집에 가는 것이었다. 중간에 길을 잃어 엉뚱한 곳으로 가리라고는 조금도 예상하지 못했다. 길을 따라가다 보면 당연히 다리가 나올 것이라 짐작했다. 하지만 당연히 나오리라 기대했던 다리는 나오지 않았고, 생각했던 것보다 훨씬 더 걷다가 결국 반포대교까지 다다르게 되었다.

그리고 그곳에서 나는 토끼와 마주했다. 정확하게 말하자면, 만화나 애니메이션에서 보는 것처럼 토끼가 펑 하고 나타났다고 하는 것이 맞을 것이다. 토끼는 놀이공원에서나 볼 수 있을 법한 커다란 토끼 인형 옷을 입은 채, 성별을 구별하기 어려울 정도로 중성적인 목소리로 다짜고짜 이렇게 말을 걸어왔다.

"맥거핀 드실래요?"

본의 아니게 한 시간 이상 걸었기 때문에 술기운이 많이 가신 상태였음에도 눈앞에 벌어진 상황을 제대로 이해할 수 없었다. 반포대교 한가운데에 난데없이 나타난, 토끼 인형 옷을 입고 있는 사람이라니.

그 사람은, 아니 토끼는, 손에 음료수 캔을 하나 쥐고 있었다. 아무래도 토끼가 말한 맥거핀이란 음료수를 의미하는 것 같았다. 토끼는 나에게 음료수를 내밀었다.

"뭡니까?"

"맥거핀. 보시다시피 음료수입니다."

그걸 몰라서 묻는 게 아니잖아.

"그게 아니라, 지금 이거 무슨 상황이죠?"

"무슨 말인지 모르겠습니다만."

나는 고개를 좌우로 돌려 주위를 살펴보았다. 차도 위의 차들만이 쌩쌩 달리고 있을 뿐, 주변에 행인은 아무도 없었다.

"갑자기 어디에서 나타나서… 차를 타고 온 것 같지도 않고. 분명 조금 전까지만 해도 아무도 없었는데…."

"지금 상황에서 그런 게 중요합니까?"

"그럼 뭐가 중요하죠?"

"이 맥거핀을 마시느냐 마시지 않느냐."

나는 토끼가 들고 있는 음료수를 보았다.

마시느냐 마시지 않느냐 그것이 문제… 같은 게 아니잖아! 도대체 무슨 소리를 하는 거야!

"누구세요?"

"보시다시피, 토끼입니다."

푸흡.

"장난하지 말고. 혹시 이거 몰래카메라 같은 거예요?"

"무슨 말씀인지 모르겠습니다만."

나는 토끼의 눈을 바라보았다. 커다란 눈. 만들어진 눈. 아무런 감정도 읽을 수 없다.

"그러니까 설명을 해달라고요. 당신이 누구고, 어디서 갑자기 나타났는지. 그리고 왜 이걸 마시라고 하는지."

"곤란합니다. 천천히, 하나씩만 물어보세요."

묻는다고 대답할 것도 아니면서.

"먼저 제가 누구냐고 물었죠? 앞서도 말했다시피 전 토끼입니다."

그냥 토끼 인형 옷을 입고 있는 거잖아. 진짜 토끼도 아닌 주제에.

"그다음에 뭐였죠. 어디서 왔느냐? 물론 어딘가에서 왔겠죠. 그런데 이 시점에서 그런 건 중요하지 않습니다. 아까도 말했듯이 지금 중요한 건 당신이 이 음료수를 마시느냐 마시지 않느냐, 이거 하나뿐입니다."

"저기요, 갑자기 그런 토끼 인형 옷 입고 나타나서 무작정 이런 걸 마시라고 하면 내가 얼씨구나 마침 목마르던 참에 잘 됐네요 땡큐! 하고 마실 줄 알았습니까? 여기에 뭐가 들어 있는지도 모르는데. 당신이 어떤 목적으로 나에게 이걸 마시라고 하는지, 어디에서 뭐 하는 사람인지도 모르겠고. 더군다나 지금 이 상황 자체가 전혀 현실감이 없어요. 리얼리티가 없다고요. 무슨 말인지 알겠습니까? 내가 아무리 술기운이 있다고 해도 그 정도 판단은 할 수 있어요. 아무도 없던 다리 위에 난데없이 토끼 인형 쓴 사람이 나타나질 않나, 음료수를 마시라고 하지 않나. 이름이 뭐라고 했죠? 맥거핀?"

"박대겸 씨죠?"

내 이름은 또 어떻게 알았지?

"대겸 씨는 현실감이 뭐라고 생각합니까? 리얼리티라는 것, 정말 리얼하다고 생각하십니까? 대겸 씨 야구 좋아하시죠?"

나는 무심결에 고개를 끄덕였다. 이 토끼가 무슨 말을 하려고.

"야구로 예를 들어보죠. 21세기 한국 최고의 마무리 투수 한 명만 꼽으라고 하면 누굴 꼽겠습니까?"

사람마다 의견이 다를 순 있겠지만 나로선 크게 고민할 만한 문제가 아니다.

"오승환이겠지."

"그렇죠, 오승환입니다. 이런 상상을 해보겠습니다. 2대 0으로 앞선 9회, 전성기의 오승환이 경기를 마무리 짓기 위해 마운드에 오릅니다. 대구 구장에선 '라젠카 세이브 어스'가 흘러나오고요. 해설진이나 관중들은 물론이고, 어쩌면 경기하는 선수들도, 이제 끝난 경기라고 생각할지 모릅니다. 오승환 선수가 얼마나 역동적인 투구폼으로 경기를 마무리하는지 보는 일만 남은 상태. 그런데 이게 어떻게 된 일일까요. 첫 타자에게부터 홈런을 맞더니 결국 한 회에만 6실점을 하게 됩니다. 무려 오승환이 말이죠. 믿어지십니까?"

"그런 걸 리얼리티가 없다고 하지. 전성기 오승환이 한 회에 6점을 준다고? 1년 통틀어서 6점이라면 또 모를까."

"이것이 바로 리얼리티가 갖고 있는 함정입니다. 말도 안 되는 관념이에요. 무슨 말일까요? 방금 제가 했던 얘기, 상상이 아니라 실제로 벌어진 일이거든요. 2012년 4월 24일 대구 구장에서 실제로 일어난 일입니다. 검색해보시면 금방 알 수 있을 거예요."

알았다, 알았어. 결국 하고 싶었던 말이 그거냐.

"네, 네. 제가 리얼리티에 대해 잘못된 관념을 갖고 있었네요."

"사람들이 느끼는 현실감이나, 리얼리티라는 것, 참 재밌어요. 사람들은 보통 자신이 간절히 바라고 원하던 일이 실제로 벌어지면 환호합니다. 즐거워하죠. 그럴 땐 현실감이나 리얼리티 같은 게 중요하지 않습니다. 아예 생각조차 안 할걸요? 하지만 영화나 소설에서 그런 일이 벌어지면 어떨까요. 아까 대겸 씨가 말했듯이 말도 안 된다고 할 겁니다. 아니면 결과가 너무 뻔하다고 재미없어하는 사람들도 있을 테고요. 왜일까요?"

굳이 나한테 물어볼 필요 있나. 어차피 직접 다 말할 거잖아.

"그렇습니다. 그것이 실제의 리얼리티와, 인위적으로 가공된 리얼리티의 차이죠."

"그래서 말하고자 하는 요지가 뭡니까?"

"리얼리티라는 것, 허구나 마찬가지라는 겁니다. 리얼리티라는 관념 자체도 만들어진 겁니다. 자, 새벽 2시가 넘은 시간, 당신 눈앞에 갑자기 토끼가 나타나더니 말을 합니다. 리얼리티가 없겠죠. 이해할 수 있습니다. 그래서 어쩌란 말입니까? 지금 당신 눈앞에서 벌어지고 있다면 믿을 수밖에 없는 거 아닙니까?"

점점 토끼의 말발에 말려들고 있다. 도대체 저 안에 누가 들어 있지? 왜 내 앞에 나타난 거야. 설마 외계인은 아닐 테고.

혹시 미래에서 온 사람인가?

"인간이 발전하고 진보하는 데 가장 중요한 건 상상력입니다. 하지만 때론 그 상상력이 인간이 진보하고 발전하는 데 걸림돌이 되기도 합니다."

무슨 말을 하고 싶은 거야.

"마음껏 상상의 나래를 펼쳐보라는 말입니다. 합리나 논리라는 틀 안에 상상력을 가두지 말고."

"혹시 미래에서 왔어요?"

"네?"

"아니, 마음껏 상상하라고 해서."

"제가 어디에서 왔는지를 상상하라는 게 아닙니다. 이 음료. 이 음료를 마시면 어떻게 될지 상상해보라는 겁니다."

그렇게 말하더니 토끼는 다시 나에게 음료수를 내밀었고, 나는 얼떨결에 그것을 받아 들었다.

"이거 마시면 당신처럼 갑자기 펑, 하고 나타날 수 있어요? 순간이동 같은 걸 할 수 있게 되나?"

"좋습니다. 마음껏 상상해보세요."

그 순간 영화 〈트루먼 쇼〉가 떠올랐다.

"설마 이거 마시면 지금 내가 살고 있는 현실이 TV 리얼리티 프로그램이란 사실을 깨닫게 되나? 그래, 그러면 말이 되겠구나, 갑자기 토끼 인형이 펑 하고 눈앞에 나타나는 것도. 그럼 내가 트루먼이라는 말인가?"

"잘하고 있습니다. 인간은 무한히 상상할 수 있는 존재입니다."

뭐라는 거야, 이 토끼가! 뭐가 무한히 상상할 수 있는 존재라는 거야! 자꾸 토끼 말발에 말려들고 있잖아.

그나저나 나는 이런 시간에 이런 곳에서 도대체 뭘 하고 있는 건가.

시선을 차도 쪽으로 돌렸다. 아까보다 자동차의 수가 조금 줄어든 것 같다. 하지만 도로가 비어 있는 만큼 달리는 자동차들의 속도는 더 빨라진 듯하다. 자동차를 타고 지나가는 사람들 중에는 우리를 보는 사람도 있을 것이다. 다리 한복판에서 토끼 인형 옷을 입고 있는 사람과 멀쩡해 보이는 사람 단둘이 있는 이 모습을. 그들은 어떤 생각을 할까. 유튜브 촬영을 하고 있다? 하지만 그러기엔 주변이 어두운 편이고, 카메라로 사용할 핸드폰조차 들고 있지 않다. 조금쯤 궁금해하기도 하겠지만 그냥 지나가겠지. 달리는 데 집중해서 못 보고 지나가는 사람이 대다수일 것이다. 이 상황이 의아해서 갑자기 차를 세워 "저기, 실례합니다만, 제가 너무 궁금해서 그러는데 두 분 여기서 뭐 하고 있습니까?"라고 묻는 사람은 없을 것이다.

나는 들고 있는 음료수 캔 뚜껑을 땄다.

모르겠다, 그냥 마시고 말자.

"어, 잠깐만요, 잠깐만!"

마시라고 할 땐 언제고 마시려고 하니까 왜 또 못 마시게 하는 거야, 이 토끼가.

"갑자기 아무 말도 없이 그렇게 마시려고 하면 어떻게 합니까."

"마시느냐 마시지 않느냐가 중요하다 해놓구선."

"중요합니다. 중요하고 말고요. 하지만 타이밍 또한 중요합니다. 제가 손짓을 하면 마시세요. 대겸 씨가 마시기 전에 저도 나름대로 준비할 게 있습니다."

도대체 뭐 얼마나 대단한 일이 벌어지길래 음료수 하나 마시려고 이 난리법석을 피워야 하는 건가. 어처구니가 없는 노릇이다. 좌우간 마시고 나면 무슨 일이 벌어지긴 벌어지겠지. 얼마나 대단한지 두고 볼 테다.

토끼는 한동안 달을 쳐다보더니 갑자기 두 팔을 하늘로 치켜들었다. 무슨 주문이라도 외우는가 싶었는데 아니나 다를까 무지막지하게 많은 말을 쏟아내기 시작했다. 외국어인지 의성어인지조차 알아듣기 어려운, 말이라기보다는 차라리 소음에 가까운 소리였다.

설마 진짜 외계인인가? 만약 그렇다면 이 음료수의 정체는 뭘까. 마취제 같은 거? 그래서 내가 쓰러지면 어딘가에 숨겨둔 UFO에 나를 싣고 자신의 별로 돌아간다?

하지만 지구인을 납치할 작정이었다면 굳이 마취

제까지 써가며 이렇게 설득할 필요는 없겠지. 더욱이 나처럼 평범한 사람을 왜 굳이. 기왕이면 유명한 사람들을 잡아가는 편이 나을 텐데.

아니구나. 잡아가려면 나처럼 평범한 사람을 잡아가야 일 처리를 조용히 할 수 있겠네. 토끼가 말한 것처럼 상상력에 한계를 두지 말자. 토끼는 외계인이고, 이 음료수를 먹여 나를 자신의 별에 잡아가려는 게 분명하다. 이 음료수가 마취 역할을 할 것 같지는 않고, 아마도 토끼가 살고 있는 별의 생태계 상태에 내가 쉽게 적응할 수 있도록 도와주는 약물 같은 거겠지. 나는 이 맥거핀을 마시고, 지구와는 안녕, 하는 거다.

하지만 역시.

현실감이 없다. 전혀 없다. 외계인일 리가 없다. 그보다는 미래에서 온 사람이라고 생각하는 편이 합리적이다. 미래에서 어떤 목적을 가지고 나를 찾아온 것. 그래서 퐁, 하고 나타날 수 있었던 것. 그리고 미래로 통하는 시간의 길을 만들기 위해 저렇게 주술인지 뭔지 알 수 없는 소리를 중얼거리고 있는 것이다. 그리고 이 음료수는 미래로 가는 물약이다. 토끼가 먼저 미래로 넘어갈 수 있는 시간의 길을 만든다. 그러고 나서 이 음료수를 마시면 나는 토끼가 만든 시간의 길을 볼 수 있게 된다. 그래서 준비가 필요하다고 한 거야.

얼마 후 주문이 끝이 났는지 토끼가 팔을 내렸다.
"꽤 오래 걸리네요."
"그랬나요? 어쨌건 이제 준비는 다 끝났습니다."
"이걸 마시면 미래로 갈 수 있는 겁니까?"
"제가 준비하는 동안 그런 상상을 했나 보군요."
"절 외계로 잡아가는 건가요?"
"그런 상상도 했나 보군요."
토끼의 반응을 보니 내 상상은 모두 틀린 것 같다.
"마시세요. 대신 단숨에 마셔야 합니다. 마지막 한 방울까지 단숨에 들이켜세요. 중간에 캔에서 입을 떼거나 해서는 아무 소용이 없습니다. 탄산이 들어 있지 않으니 마시기 어렵지 않을 겁니다. 맛도 꽤 좋은 편입니다."

제대로 납득한 건 하나도 없다. 이 토끼가 어디에서 갑자기 나타났는지. 코끼리도 아니고 곰도 아니고 사슴도 아니고 왜 하필 토끼인지. 이 토끼 안에 들어 있는 사람은 누구인지. 누가 시켜서 이런 일을 하고 있는 건지. 하지만 마시기로 결심했다. 마셔봤자 해소될 일은 하나도 없겠지만.

캔을 입에 대고 음료를 들이켰다. 과연, 토끼가 말한 것처럼 맛이 좋았다. 딸기향이 가미된 이온 음료 맛이 났다. 벌컥벌컥, 나는 마지막 남은 방울까지 단숨에 입안으로 들이부었다.

2부

머릿속에 울리는 목소리.

누군가 쫓고 있다.

다시 한번, 마치 전언과도 같이, 머릿속을 가득 채운 단 하나의 문장.

누군가 쫓고 있다.

주변을 둘러보았다. 나는 반포대교 한가운데 있다. 인도에는 아무도 보이지 않고, 움직이는 건 오직 도로 위에서 달리는 자동차들뿐이다.

도대체 누가 날 쫓는다는 말인가.

다리 난간 쪽으로 다가가 한강을 내려다보았다.

새카만 한강. 드문드문 빛나는 물줄기. 설마 저 사이에서 괴물이라도 튀어 오르나. 영화 〈괴물〉에서처럼?

어쩌면 한강 자체가 거대한 괴물일지도 모른다. 검은색 물은 괴물의 몸통, 반짝거리는 건 괴물의 비늘.

이런 망상을 하다 보니 문득 오한이 든다.

오한이라고? 아니다. 이건 실제로 느껴지는 추위다. 차가운 바람 때문이다. 북쪽에서 불어오는 바람. 머리칼이 왼쪽으로 날린다. 난간에서 떨어져 오른쪽으로 몸을 돌리자, 휘이이이이, 일순 강한 바람이 정면으로 불어 닥친다. 손을 뻗어 난간을 짚어야 할 만큼 강한 바람. 몸의 균형을 잃게 만들 정도의 강력한 바람. 밤공기가 예사롭지 않다. 고개를 들어 바람이 불어오는 쪽 하늘을 바라본다. 내가 있는 쪽 하늘과는 색이 조금 다르다. 불투명한 유리를 투과한 듯한 하늘, 그 하늘의 공기가, 공기의 덩어리가, 아주 천천히 아래쪽으로 내려앉고 있는 모습이 보인다. 공기층이 내려앉음에 따라 바람은 점차 강력해진다. 이 바람의 원인은 북쪽 하늘의 공기층이 내려앉고 있기 때문이다.

나는 몸을 반대쪽으로 돌려 걷기 시작한다. 누군

가 나를 쫓고 있고, 북쪽 하늘의 공기층은 아래로 내려오고 있다. 몸을 가누기 어려울 정도로 바람이 거세지고 있다. 우선 이곳에서 벗어나야 한다. 걸음은 등 뒤에서 불어오는 바람을 타고 점차 빨라진다. 알 수 없는 누군가 나를 쫓고 있다. 걸음은 어느새 뜀박질로 바뀐다.

다리 끄트머리에 다다르니 시선 정면에 표지판이 보인다. 이대로 직진하면 고속버스터미널에 다다를 것이고, 그곳에서 버스를 타고 남쪽으로 향해야 한다. 잠시 속도를 늦추며 숨을 고르다가 반포대교를 벗어나 다시 달리기 시작한다.

문득 눈에 들어오는 주변 풍광. 가로등 세 개 중 두 개는 꺼져 있고, 불 켜진 건물은 없다. 구름에 가려 달도 빛을 내지 못한다. 언제부터인가 도로 위를 달리는 자동차도 사라지고 없다. 을씨년스러운 거리. 완벽한 어둠에 이르기까지 얼마 남지 않은 듯 보이는 도시의 정경.

그제야 나는 깨닫는다. 나뿐만이 아니라 도시의 모든 사람이 쫓기고 있다는 사실을. 한시라도 빨리 이곳에서 벗어나야 한다.

얼마간 더 달려 마침내 고속버스터미널에 도착했으나 분위기가 심상치 않았다. 한쪽 끝에 제복을 입은 여자가 보여 그쪽으로 다가갔다.

"저기, 남쪽으로 가는 표를 사려고 하는데, 매표소가 어디에 있죠?"

"네?"

"제가 남쪽으로 가고 싶은데, 매표소가 안 보여서요."

하지만 여자는 말없이 고개를 저었다.

"매표소는 이미 닫혔어요."

"닫혔다고요? 그게 무슨 말이에요?"

"저기 보세요."

여자가 가리킨 곳은 유리 칸막이로 된 휴게실이었다. 버스가 도착할 때까지 잠시 앉아서 쉴 수 있도록 만들어둔 곳. 의자도 있고 텔레비전도 있다. 한쪽 구석엔 꽃으로 작은 정원을 꾸며두었다.

"저기가 왜요?"

"안 보여요?"

나는 여자의 얼굴을 봤다가 다시 휴게실 안을 보았다. 방금까지만 해도 투명하던 휴게실 안이 어느새 연기로 자욱해져 있었다. 안에 무엇이 있는지 확인하기도 어려울 정도로 짙은 연기였다.

"설마 불 난 거예요?"

"담배 연기예요."

"저기가 흡연구역인가? 아무리 흡연구역이라도 그렇지 담배 연기가 저렇게 많을 리가 없을 텐데. 무슨 너구리 소굴도 아니고."

"맞아요."

"뭐가요?"

"잘 봐요. 저 안에 지금 너구리 수십 마리가 우글거리고 있으니까."

휴게실 안을 뚫어져라 보고 있으니 연기 안에 있는 너구리의 모습이 눈에 들어오기 시작했다. 휴게실에선 어마어마한 수의 너구리들이 동시에 담배를 피우고 있었다. 텔레비전을 보는 너구리도 있었고, 체조를 하는 너구리도 있었으며, 덤블링을 하는 너구리도 있었다. 그리고 그 모든 너구리가 모조리 담배를 피우고 있었다.

"저 너구리들이 몇십 분 전에 터미널에 들이닥치더니 남쪽으로 가는 버스표를 하나도 빠짐없이 사들이고 매표소를 폐쇄시켜버렸어요."

"말도 안 돼."

"저도 이런 일은 처음이라 조금 놀랐는데, 어쩔 수 없죠. 그쪽도 봤죠? 북쪽 하늘이 무너져 내리고 있잖아요. 그래서 가능한 한 빨리 온다고 왔는데 이미 이렇게 돼버렸더라구요."

이 사람은 터미널 직원이 아니었구나. 나처럼 남쪽으로 가는 표를 구하려던 사람이었어.

"그럼 이제 어쩌죠?"

"전 애인이 있어요. 곧 도착할 것 같은데. 태워드리고 싶지만 2인승 자동차라 둘밖에 못 탈 것 같아요. 미안해요."

"아니에요. 어쩔 수 없죠."

"마침 지금 전화가 왔네요. 전 나가볼게요. 그럼 힘내세요!"

여자는 출구 쪽으로 달려갔다.

이제 나도 결정을 해야 한다. 나에겐 함께 남쪽으로 갈 애인도 없고 차도 없다. 남쪽으로 가는 버스표는 너구리들이 독점했다. 하늘은 내려앉고 있고 누군가 나를 쫓고 있다.

어떻게 해야 하는가.

움직여야 한다.

어떻게 움직일 것인가.

믿을 건 두 다리뿐.

터미널 밖으로 나오니 아까보다 더욱 거센 바람이 불어대고 있었다. 나는 핸드폰의 지도 애플리케이션을 실행해 남쪽으로 가는 경로를 확인하며 걷기 시작했다. 지도에 나와 있는 대로 먼저 오른쪽으로 꺾어서 조금 걸었고, 사거리에서 다시 오른쪽으로 꺾었다. 하지만 금세 나오리라 판단했던 다음 사거리가 보이지 않았다. 한동안 걸은 것 같은데도 지도상에 표시된 나의 위치는 계속 첫 번째 사거리와 두 번째 사거리의 가운데였다.

분명 심리적인 이유 때문일 것이다. 별로 걷지도 않았는데 많이 걸은 듯한 기분. 실제 시간은 얼마 지나지 않았음에도 시간이 꽤 많이 흐른 듯한 느낌. 초조함 때문이다. 마음이 조급해지니 평정심을 잃고 상황을 객관적으로 파악할 수 없게 된다. 육체적인 피로감도 한몫하고 있을 것이다. 이미 나는 꽤 먼 거리를 걸었다. 피로감이 누적돼 있다.

힘겹게 한 걸음 한 걸음 발을 뗀다. 발에 모래주머니라도 달아놓은 듯 발걸음이 무겁다. 그에 더해 바닥이 전부 모래로 되어 있는 탓에 발이 모래 속에 푹푹 빠지고 있다. 신발 안에 모래 알갱이가 굴러다녀 불편하다. 그렇지만 여기서 멈출 수는 없다. 힘을 내서 걸어가야 한다.

어느덧 먼동이 터오고 있고 하늘 또한 푸른 기색이 강해졌다. 저 모래 언덕만 넘으면 도로가 보일 것이다. 다리의 힘이 완전히 빠지기 전에 도로로 나가 히치하이킹을 시도하자. 쓰러진 사람을 보면 차를 세워줄 사람이 있을 것이다.

걸음걸음마다 손으로 허벅지를 짚어가며 모래 언덕의 정상으로 향했다. 지평선 끝자락에서 시뻘건 태양이 고개를 살짝 내밀고 있다. 좋아, 이제 됐어. 이제 나는 이곳에서 벗어나 남쪽으로 가는, 으악!

내려가는 길에 발을 헛디뎌 모래 언덕을 데굴데굴 굴렀다. 머리가 팽글팽글 돌고 온몸에 모래 알갱이가 까끌까끌하다. 입안으로도 모래가 들어왔다. 물을 못 마신 지도 벌써 몇 시간은 지난 것 같다. 온몸에 힘이 없다. 문득, 여기까지가 내 한계라는 생각이 든다. 지평선 끝의 태양이 대지를 밝힐 것이고, 곧 불볕더위가 시작되겠지. 물 한 방울 없이 사막의 더위를 버텨내기는 어려울 것이다. 나는 이곳에서 아무에게도 발견되지 않은 채 외롭게 죽어가리라.

바로 그때.

멀리서, 부우우우우우우웅, 하는 소리가 들린다. 소리가 들리는 곳에서 모래 먼지가 피어오르고 있다. 희미하던 모래 먼지는 차츰 진하고 커진다. 자동차가 오고 있는 것이다. 사막을 가로지르며, 자동차 한 대가 다가오고 있다.

더 이상 패배자처럼 누워 있을 수 없다. 힘을 내 일어나야 한다. 나에게 손 내밀어줄 사람을 맞이할 준비를 해야 한다. 나는 허벅지를 짚으며 가까스로 일어나 입안의 모래 섞인 침을 퉤, 뱉어냈다.

빨간 자동차가 시야에 포착됐다. 나는 옷에 묻은 먼지를 털어내고 나서 그것이 마치 다음에 이어질 행동이라도 되는 듯 바지 주머니에서 말보로를 꺼내 입에 물고 담배에 불을 붙였다.

잠시 후 눈앞에 나타난 빨간 자동차. 1982년산 몬테카를로. 운전석 창문이 내려갔다.

그렇다면 이 자동차의 주인은.

"헤이, 와썹 맨. 와라유 두인 히어?"

당연히 제시 핑크맨*이겠지.

아무렇게나 뻗은 짧은 머리. 약에 취한 듯 퀭한 눈. 취한 듯이 아니라 이미 취한 상태다. 노란색 바탕에 해골 무늬가 있는 후드 티셔츠와 헐렁한 청바지를 입고 있다.

나는 제시 핑크맨에게 되물었다.

"뭐 하고 있는 것처럼 보여?"

"고생깨나 한 것 같은데, 맨?"

"쫓기고 있었거든."

"쫓긴다고? 누구한테?"

나는 고개를 저으며 말했다. "그걸 모르겠단 말이지."

"곤란하게 됐네. 하긴, 곤란하기로 따지면 나도 마찬가지지만."

"무슨 문제 있어?"

---

* 미국 드라마 〈브레이킹 배드〉에 나오는 인물. 드라마 속에서 제시 핑크맨은 고등학교 시절 선생인 월터 화이트를 도와 마약을 제조한다.

"내가 문제없을 때가 있었나? 하하, 늘 달고 다니는 감기 같은 거지."

진부한 표현을 하고 있군.

"그건 그렇고, 헤이, 나 앨버커키까지 가는데 같이 타고 갈래?"

이 말이 나오기를 얼마나 기다렸던가.

"앨버커키? 좋지!"

나는 보조석 쪽으로 돌아가 문을 열고 자리에 앉았다. 낮은 차체에 뒤로 푹 기운 등받이. 편안함과 동시에 긴장감이 느껴지는 자동차. 내가 문을 닫자 제시 핑크맨이 액셀을 밟았다. 모래 위에서 몇 차례 헛바퀴가 돌더니 빨간 몬테카를로가 앞으로 나아갔다.

모래 먼지를 일으키며 달리던 몬테카를로가 포장도로 위로 올라갔다. 하늘은 파랗고 높았으며 거대한 하얀 구름은 손에 잡힐 듯 내려와 있었다. 차의 앞과 뒤로 지평선까지 도로가 뻗어 있었다.

문득 떠오르는 의문.

"헤이, 제시, 이 시간까지 밤새 여기서 뭐 했어? 왜 포장도로가 아니라 사막 위로 달리고 있었지?"

제시 핑크맨이 어이없다는 얼굴로 나를 쳐다보았다. 어이 어이, 아무리 차가 없다지만 앞을 보면서 운전을 해야지.

"헤이, 대겸, 그걸 정말 몰라서 물어?"

모르니까 물었지.

"아임 쿠킹! 아이 워즈 쿠킹!"

"사막에서 무슨 요리?"

"하하하, 대겸, 유아 퍼킹 키딩. 맨, 필로폰 만들었단 말이잖아. C10H15N."

"마지막의 그 영어랑 숫자는 뭐야?"

"뭐긴 뭐야, 메스암페타민 화학식이지. 줄여서 메스. 내 삶의 빛이요, 불. 나의 죄이자 영혼인 필로폰."

"그걸 혼자만 만들었어? 월터 화이트* 선생님은 어쩌고?"

"아이 돈 노. 돈 애스크 미."

"안 봐도 뻔하지. 싸웠네."

---

* 〈브레이킹 배드〉에 나오는 인물. 폐암 선고를 받고 자신이 죽은 뒤 생계에 허덕일 가족을 생각해 화학 박사학위를 취득한 지식을 살려 마약 제조 일을 시작한다.

"다른 얘기나 하지, 대겸. 퍼킹 미스터 월터만 생각하면 기분이 몹시, 급격히, 순식간에, 퍼킹 다운! 다운! 다운!"

제시 핑크맨이 다른 얘기를 하자고 했지만 막상 떠오르는 말이 없다. 친한 사이였다면 할 말이 많았겠지. 내 친구가 결혼을 앞두고 말이야 궁시렁궁시렁, 너구리가 담배를 피우는 소굴이 어쩌고저쩌고. 이 말을 해도 되는지 어떤지, 혹은 상대방이 어떻게 생각할지 판단하지 않고 수다를 떨 수 있었겠지. 제시 핑크맨과는 함께 공유한 과거가 거의 없다.

"음악이나 들을까?"

나는 제시 핑크맨의 대답은 기다리지도 않은 채 오디오의 플레이 버튼을 눌렀다. 플레이어에 있던 CD가 돌아가더니 곧 음악이 흘러나왔다. 아직 변성기도 지나지 않은 듯한 소년의 목소리. 멜로디는 경쾌했지만 가사 내용은 조금 유치하게 느껴졌다. 버스정류장에 있던 정체 모를 남자가 사실은 외계인이었다는 내용.

"나는 알고 있어 언젠가 그들은 나를 데리러 올 거야 언젠가 그들은 나를 어디론가 데려갈 거야 그건 내일일지도 모르고 오늘일지도 몰라."*

과연 소년다운 발상. 하지만 가사 내용을 유치하게만 여길 일이 아니다. 지금 내가 쫓기고 있는 상황 역시 이 노랫말에 대입해서 생각해볼 수도 있겠지. 그렇게 생각해본들 앞으로 어떤 상황이 일어날지는 알 수 없는 노릇이지만.

"너 쫓긴다고 했지?" 제시 핑크맨의 목소리.

"그랬지."

"누구한테 쫓기는데?"

"그걸 모른다는 게 문제지."

"근데 말이야, 애당초 쫓기는 게 맞긴 맞아?"

당연하지, 라고 말하려다 그대로 입을 다물었다. 그러고 보니 지금 내가 쫓기고 있는 상황인가? 분명 북쪽 공기층이 내려앉으면서 강한 바람이 불었고, 그래서 남쪽으로 떠나야 한다고 생각했어. 하지만 더 이상 바람이 날 쫓고 있지는 않잖아. 어떤 전언이 들린 후부터 이런 사태가 벌어지기 시작했어. 내 머릿속을 가득 채운 문구.

---

* 미국의 형제 밴드 핸슨의 노래 'Man From Milwaukee' 중에서

"누군가 쫓고 있다. 이런 말이 들렸어. 텔레파시처럼 머릿속으로 곧장. 아주 단호한 목소리로."

제시 핑크맨은 으으으음음음, 하고 길게 소리를 끌며 무언가를 생각하는 것 같더니 이윽고 한마디 내뱉었다.

"그거 좀 어정쩡한 문장인데?"

"뭐가?"

"그 말을 곰곰이 다시 생각해봐. 만약 주어가 '나'가 되면 대겹 네가 누군가를 쫓고 있다는 뜻이 되잖아. 완전히 다른 의미가 된다고."

제시 핑크맨은 지금, '누군가 (나를) 쫓고 있다'라는 문장을 '(나는) 누군가(를) 쫓고 있다'로 해석할 수도 있다고 말한 것이다. 하하하하, 얘가 뭐라고 하는 거야, 그게 지금 말이….

되긴 된다. 맞아, 말은 된다.

"내가 누군가를 쫓고 있다고?"

"지금 상황에서 보면 그게 맞지 않아? 뒤를 돌아봐. 텅 빈 도로에는 아무도 없어."

나는 고개를 돌려 뱀처럼 꼬불거리며 지평선으로 사라지는 도로를 바라보았다. 도로 위에는 아무도 없었다. 양옆 사막에서도 나를 쫓고 있는 존재는 보이지 않았다.

"지금부터 다시 생각해봐. 누군가가 너를 쫓는 게 아니라, 네가 누군가를 쫓고 있었던 건지도 몰라."

언뜻 일리 있는 말처럼 들렸지만 그럴 리는 없다. 누군가를 쫓고 있었다면 분명 기억하고 있을 것이다.

"아니면 애초에 네가 들었다는 텔레파시인지 뭔지가 잘못된 거 아니야? 네가 착각했을 수도 있겠고."

그렇게 단호하고 명료한 목소리를 내가 착각했다고? 더욱이 두 번이나 반복된 말이다.

내가 누군가를 쫓고 있었다?

아무래도 그건 아니다. 분명 누군가가 나를 쫓고 있는 것이다.

고개를 돌려 다시 뒤쪽을 확인했다. 아까와는 달리 도로 끝에서 아주 자그마한 자동차 한 대가 눈에 들어왔다. 그러면 그렇지. 역시 누군가 나를 쫓고 있는 게 맞다. 그리고 그제야 덜컥, 내가 타고 있는 자동차의 속도가 체감되었다. 어마어마하게 빠른 속도. 계기판을 보니 속도계 바늘이 100을 가리키고 있었다. 100마일? 제시 핑크맨 이 자식이 무려 시속

160킬로미터로 달리고 있는 것이다! 앞뒤 좌우로 같은 풍경만 이어지다 보니 속도 감각을 잃고 있었다. 오래된 자동차라고 해도 승차감이 좋아서 그랬나 얼마나 빠르게 달리고 있는지 느끼기도 어려웠다.

나는 다시 고개를 돌려 뒤쪽을 확인했다. 도로 끝에서 자그마하게 보이던 자동차가 점점 커지고 있었다. 100마일로 달리는 자동차를 따라잡는 속도!

엄청 밟아대고 있구만!

"제시, 큰일 났어. 지금 뒤에서 차 한 대가 따라붙고 있어."

제시 핑크맨이 백미러를 살피더니 "FUCK!"하고 소리쳤다.

"왜? 뭔데?"

"짭새야."

"경찰? 경찰이 왜? 과속해서?"

"거기 글러브박스 열어봐."

글러브박스를 열자 연필, 선글라스, 영수증, 미국 지도, 앨버커키 안내 책자 등 온갖 잡동사니 위에 당당히 자리하고 있는 그것, 푸르고 투명한 필로폰 결정이 눈에 띄었다.

"알겠지?"

"좆됐네."

"이 퍼킹 구닥다리 몬테카를로는 더 가속이 안 돼. 곧 잡힐 거야."

"뭐야. 그럼 어떡해. 나도 같이 잡히나? 난 마약 근처에도 가본 적이 없는 사람이라고."

"내가 네 생명을 구했잖아."

그거랑 이건 다른 문제잖아!

빠아아아앙, 하고 뒤에서 경적음이 울렸다. 벌써 따라잡히고 말았다.

다시 한번 빵빵. 그리고 이어지는 확성기 소리.

"속도를 줄이시오. 속도를 줄이고 정차하시오."

나는 안절부절못하며 글러브박스를 쾅 닫았다. 뒤늦게 안전벨트도 맸다.

이제 어쩌지. 아는 사람 하나 없는 이국땅에서 철창신세 지는 건가.

노심초사하고 있는 나와는 달리 제시 핑크맨은 고개를 까딱까딱하며 허밍을 하고 있었다. 이제 와서 여유로운 척을 해봤자…. 아니지, 제시라면 이런 상황을 이미 몇 번쯤 겪었을지도 모른다. 어떻게 경찰의 눈을 피해야 하는지 알고 있을 것이다.

하지만 생긋거리며 자동차의 속도를 줄이던 제시 핑크맨의 입에서는 예상 밖의 말이 나왔다.

"모든 게 너한테 달렸어."

뭐라고?

"난데없이 그게 무슨 말이야? 난 이 파란 물체랑은 아무 상관이 없다고. 사막에서 운 좋게 너한테 발견된 것뿐이잖아."

"쫄지 말고! 호랑이한테 물려가도 정신만 차리면 산다는 너희 나라 속담도 있잖아. 정신 똑바로 차려, 대겸. 정신을 한곳에 집중해. 이런 일은 비일비재하다고. 잇츠 낫 프라블럼."

몬테카를로가 도롯가에 정차했다. 제시 핑크맨이 후우우우우우, 숨을 길게 내뱉었다.

"자, 우리는 어떻게 하면 이 상황에서 무사히 빠져나갈 수 있을까?" 제시 핑크맨이 물었다.

모르겠으니까 질문 따위 생략하고 답을 알려달라고.

"잘 생각해봐. 내가 답을 내릴 수 있는 영역이 아니야. 모른다고 우물쭈물 넘어가려 하지 마. 네 인생이잖아. 네가 철두철미하게 고민해서 답을 내려야지.

다른 사람한테 쉽게 도움받으려 하지 말고. 네가 정면으로 부딪쳐서 생각해내야 하는 문제라고."

나는 제시 핑크맨을 쳐다보았다. 욱하는 성격에 약 빨고 흥청망청하는 캐릭터인 줄 알았는데. 원래 이런 놈이었나. 그럴싸한 말을 하고 있어.

"경찰이 내렸어. 이대로 가다간 우리 둘 다 백 퍼센트 콩밥 먹어야 해. 곰곰이 잘 생각해봐."

당최 나한테 뭘 바라는 거냐. 잘 생각해보라고? 정면으로 부딪치라고? 그래서, 뭐? 이제 몇 초만 지나면 경찰이 우리 옆으로 다가올 텐데? 이미 무전기로 경찰 본부 쪽에 차 번호를 넘겼을 것이다. 그러고 나선 창문을 똑똑, 두드릴 테고, 그 후엔 고분고분하게 경찰의 말을 들어야 할 것이다. 까딱 잘못했다간 가스총에 맞을지도 모른다. 아니, 여긴 미국이니까 실탄을 장전하고 다니려나. 경찰 본부에서 다시 무전이 올 테고, 이 차가 마약 딜러 제시 핑크맨의 소유라는 사실을 알게 되겠지. 우리는 차에서 내려야 할 것이다. 차 내부를 뒤져볼 것이고, 글러브박스에 있는 필로폰이 발각될 것이다. 어떻게 해야 하나. 이럴 때 월터 화이트 선생님이 함께 있으면 좋을 텐데.

월터 선생님이라면 이런 위기 상황에서 어떻게 빠져나갈까. 임기응변에 뛰어난 분이니까 어떤 식으로든 해법을 내놓을 텐데. 성격 더러운 이놈의 제시는 왜 자기 선생님이랑 싸워서 일을 어렵게 만드는지 모르겠다.

월터 선생님이 있으면 좋을 텐데.

월터 선생님이면 좋을 텐데.

똑똑, 하고 차창 두드리는 소리가 들린다.

"FUCK!" 제시 핑크맨이 외쳤다.

나는 고개를 숙인 채 곁눈질로 제시 핑크맨을 보았다. 제시는 창문을 내리더니 소리쳤다.

"언제까지 날 쫓아올 겁니까, 미스터 월터!"

"헤이, 제시, 내가 약을 만들고 자네가 팔기로 했잖나. 이건 우리가 처음부터 합의한 사항이라고. 그걸 어기고 뛰쳐나가버리면 어쩌라는 거야? 그것도 밤새 만든 약 일부를 빼돌리고 말이지. 자꾸 이런 식으로 나오면 곤란하다고. 며칠만 참을성을 가지고 만들면 돼. 나에겐 이제 시간이 얼마 남지 않았다고."

월터 화이트가 차 밖에 선 채 말했다.

제시 핑크맨이 양손으로 핸들을 내리쳤다.

"근데 옆에 있는 사람은 누구지? 자네 친구인가?"

"디스 이즈 원 오브 마이 프렌즈. 히 이즈 코리안."

"안녕하세요." 내가 어색하게 웃으며 말했다.

"오, 헬로우." 월터 화이트가 말했다. "그럼 저 친구도 우리가 뭘 하는지 다 알고 있나?"

"오브 코오오스. 앱설루틀리!"

"그래?"라고 말하더니 월터 화이트는 차 앞쪽을 뼁 돌아 내 쪽으로 와서 차 문손잡이를 잡아당겼다. "이것 좀 열어주게."

나는 잠금장치를 풀었다.

"아임 월터 화이트."

월터 화이트가 손을 내밀었다. 나는 차 밖으로 나가 월터 화이트와 악수했다.

"마이 네임 이즈 대겸 박."

"박? 대겸? 오케이. 그럼 이제 우린 한배를 탔다고 할 수 있겠군. 자네도 딜러인가? 하긴, 그런 건 상관없겠네. 이제 내가 쿠킹할 때 옆에서 일손을 거들어주면 되니까. 괜찮겠지?"

지금 필로폰 제작에 협력하라는 말인가? 하하하, 이 선생님, 말씀이 좀 과하시네. 당신이야 폐암 때문에 곧 죽을 처지니 겁 없이 범법 행위를 저지르고 있다지만, 나는 다르다고. 나에겐 아직 창창한 미래가 있어. 이런 범죄 행위 따위에 동참할 순 없지. 말도 안 되는 소리를 하고 있어.

"헤이, 미스터 월터." 제시 핑크맨이 차 안에서 소리쳤다. "대겸은 필로폰 입에 댄 적도 없는 놈이라고요. 나 같은 애들이랑은 달라. 쿠킹은 나만 있어도 되잖아. 왜 자꾸 일을 벌이려고 해요."

옳지, 제시. 잘한다, 잘한다.

"아까 말했잖아." 월터 화이트가 말했다. "시간이 별로 없다고. 조금이라도 시간이 있을 때 많이 만들어둬야지."

"며칠 전부터 왜 자꾸 시간 없다는 소리만 해요? 내일 곧 죽을병에라도 걸렸어?"

"그건 차차 알게 될 거야. 오늘도 벌써 몇 시간을 허비했지만. 기왕 이렇게 됐으니 앨버커키에 들러서 제대로 된 식사나 좀 하자. 샤워도 하고. 그러고 나서 오후에 다시 모이면 되겠네."

그렇게 말하더니 월터 화이트는 내가 앉았던 보조석에 자리했다. 나는 뒷좌석에 앉았다.

"자, 제시, 얼른 가자고. 이제 시간이 없어. 다시는 오늘처럼 멋대로 도망치는 일이 없었으면 좋겠네."

월터 화이트의 말에 제시 핑크맨은 의미 불명의 말을 내뱉으며 투덜거렸지만, 곧 액셀을 밟았다. 몬테카를로가 다시 달리기 시작했다.

월터 화이트의 말이 맞다. 이제 그에겐 시간이 없다.

하지만 시간이 없는 건 나 역시 마찬가지다. 누군가에게 쫓기고 있기 때문이다. 시간이 없다는 말과 누군가에게 쫓기고 있다는 말은 같은 의미이다.

그런데 난 지금 여기서 뭘 하고 있는 건가?

이렇게 시간을 허비해도 되나?

몬테카를로가 다시 달리기 시작해 시간이 얼마나 흘렀을까. 언젠가부터 앞좌석에 있던 월터 화이트가 연설을 하고 있었다. 연설이라기보다는 강의라고 하는 편이 맞을지도 모르겠다. 주제가 양자역학이라 난데없다는 인상이 강하긴 하지만.

"양자역학은 원래 원자 속에서 전자가 어떻게 움직이는가를 조사하는 학문이야. 근데 이 이론이 '불확정성 원리'라는 곤란한 원리를 이끌어 내버렸어. 그게 뭐냐 하면, 간단히 말해서 관측할 때까지 정해지지 않는다는 말인데, 이건 또 무슨 말인가 하니, 그러니까 양자처럼 작디작은 것은, 운동량을 관측하면 위치가 불확정적이 되고, 반대로 위치를 관측하면 운동량이 불확실하게 된다는 말이지."

무슨 말인지 전혀 모르겠다. 제시 핑크맨 역시 아무 반응이 없다. 월터 선생님이 무슨 생각으로 갑자기 이런 생뚱맞은 이야기를 하고 있는지 모르겠다.

"무슨 말인지 이해가 잘 안되지?"

알아줘서 고맙긴 하다만.

"예를 들어, 지금 우리가 타고 있는 이 자동차를 생각해보자. 요새는 위성 장치가 발달해서 내비게이션으로 우리 위치를 금세 파악할 수가 있다고. 이 몬테카를로는 지금 뉴멕시코 27번 도로의 어디쯤에서 달리고 있구나, 하는 걸 쉽게 알 수 있어. 하지만 이 차가 얼마나 빠른 속도로 달리고 있는지까지는 알 수 없다는 말이지."

"와라유 토오킹 어바웃?" 그제야 제시가 입을 뗐다.

"속력이 너무 빠르다는 말이야. 아무리 도로에 차가 없다고서니, 100마일이 뭔가 100마일이."

"오, 그냥 냅둬요."

"얘기를 계속 잇자면, 만약 도로에서 스피드건으로 이 자동차의 속력을 체크한다고 하자. 스피드건에는 100이라는 숫자가 찍히겠지? 우린 당장 벌금을 물어야 할 테고."

"오, 미스터 월터."

"노우, 노우. 난 그저 내 이야기를 하려는 것뿐이야. 자, 스피드건에 100이라는 숫자가 찍힌다고 해서 이 자동차의 위치를 확인할 수 있나? 알 수 없지. 속력만 알 수 있을 뿐이야. 그러니까 불확정성 원리라는 건 이런 거야. 위치를 확인하면 그 순간의 속력, 그러니까 운동량이 부정확해지고, 반대로 운동량을 재면 이번에는 위치를 알 수 없게 돼버려. 이제 좀 이해가 되나? 사실 양자역학은 아인슈타인의 상대성 이론을 기반으로 해서 발전할 수 있게 되었어. 하지만 정작 아인슈타인은 양자역학을 굉장히 싫어했지. 당연하지 않겠어? 물리학처럼 객관적이고 확정적이어야 하는 학문이 불확실한 걸 말하고 있으니 말이지."

알 것 같으면서도 여전히 잘 모르겠다. 무엇보다 이해할 수 없는 건, 화학 선생인 월터 화이트가 왜 갑자기 양자역학이니 불확정성 원리니 하는 소리를 하고 있느냐 하는 점이다.

"결국 양자역학이라는 학문은 평행우주라는 개념도 등장시켰지. 당연하지 않겠어? 그 무엇도 단 하나로 확정할 수 없으니 말이야. 바꿔 말해, 지금 이곳, 이 순간에 있는 나는, 다른 곳 다른 순간에 동시에 존재할 수 있다는 소리. 내가 진짜로 하고 싶은 말은 이거야. 현실이란 게 뭐냐. 리얼리티라는 게 다 뭐냐고. 우리가 지금 겪고 있는 이 현실 말이야. 지금 우리의 현재는 과거에서부터 하나하나 이어져온 단 하나의 사실이지. 하지만 그건 잘못된 생각일지도 몰라. 방금 말한 개념에 따르면 우리의 현재는 무수히 많으니까. 우리가 보고 있는 현재는 단 하나로 존재하는 현재. 하지만 다른 곳에선 나와 똑같은 내가 고작 1초 정도 늦은 타이밍으로 이런 이야기를 하고 있을지도 몰라."

또 다른 나? 무수히 많은 현재? 이야기가 더욱 산으로 가고 있다. 월터 화이트는 양자역학이니 뭐니 하는 학문을 빌미로 헛소리를 하고 있는 게 틀림없다.

"지금 우리가 보고 있는 현실은 전부 우연의 산물에 불과해. 수많은 가능성 중 하나가 선택된 것뿐이지. 선택'한' 게 아니야. 선택'된' 거야. 내가 제시를 만난 것도, 제시가 박대겸 자네를 만난 것도, 그리고 내가 자네를 만난 것도, 전부 우연에 불과해. 여기에 자기 의지가 끼어들 틈이 있었을 것 같아? 네버 네버. 절대 없어."

"궤변이에요." 얌전히 운전하고 있던 제시 핑크맨이 갑자기 입을 뗐다. "그럼 월터 선생님이 지금 하고 있는 말은 뭐죠? 그건 선생님의 의지로 하는 말 아니에요? 이건 우연과는 상관없는 일이잖아요."

"맞아. 그렇지. 그렇게 보이겠지. 누구나 생각을 하고 그 생각에 따라 말을 하니까. 하지만 내가 하는 말이 정말 내 의지의 결과물일까? 누군가 내 입을 빌려 이런 말을 하고 있는 게 아닐까? 이런 거 저런 거 다 떠나서, 이 모든 것들이 그냥 단순히 우연의 산물에 불과한 게 아닐까? 알 수 없지. 노바디 노우즈."

갑자기 제시 핑크맨이 속도를 줄이며 몬테카를로를 세웠다. 본격적으로 토론이라도 벌일 셈인가, 했는데 제시는 의외로 자신은 잘 모르겠고 선생님의 말이 맞을 수도 있겠다며 순순히 월터 화이트의 말에 수긍하더니 이렇게 말했다.

"그건 그렇고, 다들 소변 안 마려워요? 저 물 좀 빼고 올게요."

그제야 나는 한국의 고속도로 휴게소 같은 곳에 도착했나 싶어 주위를 둘러봤지만 창밖으로 보이는 건 허허벌판에 공공 화장실과 벤치, 달랑 두 개뿐이었다. 매점이나 식당 같은 건 보이지 않았다. 다시 살펴보니 벤치 옆에 재떨이 겸 쓰레기통도 있긴 했지만 그것 말고는 아무것도 없었다.

그나저나 제시가 말을 꺼내서 그런지, 나 역시 소변이 마려운 것 같았다. 다리도 뻗을 겸 차에서 내려 제시의 뒤를 따랐다. 월터 화이트는 계속 차에 타고 있었다.

화장실에 들어서자마자 제시가 나를 붙들었다.

"헤이, 대겸. 이제 알겠지?"

"뭐를 알겠어?"

"내가 왜 도망쳤는지 말이야. 저 꼰대, 한 번 입을 열었다 하면 도무지 그칠 줄을 모른다니까. 자기는 재밌어서 주구장창 떠드는지 몰라도 듣는 사람은 지옥이나 다름없다고. 게다가 도무지 말도 안 되는, 이해도 안 되는 소리를 끝도 없이 늘어놓고 있잖아. 양자… 뭐?"

"양자역학."

"그래, 양자역학인지 광자역학인지 아무튼. 근데 지금은 그런 게 중요한 게 아니야."

그렇게 말하더니 제시는 화장실 내부를 스윽 둘러보았다. 대변기 칸을 일일이 살펴보며 사람이 있는지 없는지 확인했다. 애초에 화장실 바깥에 세워둔 차라고는 우리가 타고 온 몬테카를로 외에는 없었기에 화장실 안에 사람이 있을 리 없었다. 무슨 속셈으로 저렇게 꼼꼼히 화장실 내부를 살펴보는 걸까 싶었는데 제시는 화장실 입구에서 고개를 살짝 내밀어 바깥 상황까지 확인하더니 이렇게 말했다.

"역시, 꼰대는 얌전히 타고 있군. 나 도저히 스트레스받아서 안 되겠어. 너도 한번 해볼래?"

"뭐를?"

제시는 대답 대신 바지 주머니에서 작은 필로폰 봉지를 하나 꺼내더니 내 눈앞에서 흔들었다.

"뭐긴 뭐야, 당연히 이거지!"

설마 저걸 나랑 같이 하자는 소린가. 나는 속으로 흠칫 놀랐지만 애써 아무렇지 않은 척하며 대꾸했다.

"그거 하면 스트레스가 좀 풀려?"

"헤이, 대겸, 두말하면 잔소리지! 스트레스 풀리는 건 물론이고 기분이 엄청 좋아진다고. 너도 딱 한 번만 빨아보면 곧바로 알 수 있어. 완전히 뽕 간다니까."

제시의 들뜬 표정에 살짝 궁금증이 일기도 했지만 금세 이성을 되찾았다. 괜한 호기심에 한번 입에 댔다가 중독행 급행열차에 오르게 될지도 모른다. 약을 구하려 온갖 곳에서 돈을 빌린 나머지 빚쟁이 신세에 처하게 될지도 모른다. 게다가 경찰에 걸렸다가는 몇 년 동안 감옥에서 썩어야 할지도 모른다.

내가 잠시 머뭇거리는 기색을 보이자 제시 핑크맨이 고개를 절레절레 저으며 콧방귀를 꼈다.

"됐어, 됐어. 고작 이런 걸로 주저하다니. 이거 한 번 빤다고 안 죽거든?"

나는 제시의 손에 붙들려 대변기 칸 안으로 들어갔다. 제시는 다른 주머니에서 유리관을 꺼내더니

관 한쪽 끝에 필로폰 가루를 조금 부었다. 유리관은 곰방대와 생김새가 유사했는데 피우는 방법도 비슷한 것 같았다. 제시가 필로폰 가루가 있는 유리관 끝부분을 라이터 불로 지졌고, 잠시 후 유리관 속의 가루가 녹았고, 그게 끓으면서 연기가 났다. 그 연기를, 제시가 반대쪽 유리관에서 깊이 빨아들였다.

"Oh! Fuck! Shit!"

"뭐야? 왜 그래?"

"너무 좋아서 그러지. 죽여줘! 그래, 이 맛이야!"

제시는 다시 한번 연기를 빨아들이더니 와우, 대박! 완전 뿅 가는데! 라고 호들갑스럽게 외쳤다. 그러고 나서 들고 있던 유리관을 내게 내밀며 "대겸, 너도 어서 빨아봐."라고 말했다.

"이거 빨면 진짜 뿅 간다고?"

"그렇다니까. 네 평생 이런 경험은 처음일걸?"

"머리 어지럽거나 하진 않지?"

"하여튼 소심해 터져가지곤. 내 말 믿고 걱정 붙들어 매라니까."

나는 제시에게서 유리관을 건네받았다. 침을 꿀꺽 삼키고 크게 한 번 숨을 들이켰다가 내쉬었다.

마음을 다잡고 유리관 한쪽 끝을 입 쪽으로 가지고 갔다.

"그래, 가는 거야! 대겸! 웰컴 투 더 뉴 월드!"

제시가 박수를 치며 환호했고, 그 기세에 힘입어 내가 유리관에 입에 대려는 순간, 똑똑똑, 대변기 문에서 노크 소리가 들렸다. 유리관은 정확히 내 입술 1센티미터 거리에서 멈췄다.

온몸이 얼어붙는 것 같았다. 제시가 손가락을 입에 갖다 대며 조용히 하라는 신호를 보냈다. 설마 경찰은 아니겠지? 유리관을 잡긴 했지만 난 빨지 않았어. 아직 입에 대지도 않았는데.

다시 한번 똑똑똑, 문 두드리는 소리가 났다.

"헤이, 맨, 여기 사람 있다구." 제시가 말했다.

"내 이럴 줄 알았다." 월터 화이트의 목소리였다. "제시, 넌 어째 내가 잠시만 한눈팔면 약 할 생각을 하는 거냐!"

제시가 거친 바람 소리를 내며 "Fuck! Fuck! Fuck!"이라고 하더니 인상을 찌푸렸다.

"그거 끄고 당장 나와!"

월터 화이트의 호통에 나는 들고 있던 유리관을

제시에게 내밀 수밖에 없었다. 제시는 딱 걸렸네, 라는 표정을 지으며 재빨리 몇 모금 더 빨았다.

"타이밍 참 더럽게 안 좋구만. 조만간 기회가 다시 있을 테니, 그땐 제대로 해보자고."

제시가 가지고 있던 필로폰과 유리관은 월터 선생님이 압수해갔다. 제시와 나는 각자 볼일을 본 후 화장실에서 나왔고, 벤치에 앉아 말보로를 피운 뒤 다시 몬테카를로에 올랐다. 먼저 타고 있던 월터 선생님이 우리에게 도넛을 나눠주었다.

"오, 땡큐! 우리 선생이 이런 센스도 있네. 그러잖아도 배고프던 참인데. 잘 먹을게요!"

제시는 도넛을 통째로 입안에 집어넣고 우물우물 씹었다.

"근데 이것밖에 없어요? 음료수는 없고?"

"물에 빠진 거 구해줬더니 보따리 내놓으라는 놈일세."

나 역시 도넛에 목이 막혔지만 얻어먹는 주제에 음료수까지 요구할 순 없었다. 최대한 오물오물 씹으며 천천히 삼켰다. 제시 핑크맨과 내가 두 개씩 먹고 월터 선생님은 하나를 먹었다.

몬테카를로가 다시 움직이기 시작했다.

출발할 때만 해도 차 왼쪽에서 떠오르던 태양이 이제는 하늘 한가운데에서 내리쬐고 있었다. 본격적으로 시작된 사막의 열기. 우리는 소매 끝으로 땀을 닦아내며 더위와 싸웠다. 열어둔 창에선 마르고 뜨거운 바람밖에 불어오지 않았기에 불쾌하기 짝이 없었지만 창문을 닫을 수도 없었는데, 그랬다간 차 안에서 그대로 통구이가 될 것 같았기 때문이었다.

에어컨이 없는 자동차라니! 요즘 세상에 이런 차를 굴리고 다니는 인간이 있다니!

어차피 오래된 모델이니 출시될 당시엔 에어컨이 없었을지도 모른다. 근데 그 이후 이 몬테카를로를 소유한 그 누구도 에어컨을 부착하지 않은 것이다. 미국 남서부, 이런 무더위 속에서 살면서 말이다. 이 정도 더위쯤은 아무렇지도 않은 건가.

제시 핑크맨의 답변은 간단했다.

"남자 아니가."

그렇게 말하는 중에도 제시 핑크맨은 이마에 흐르는 땀을 수시로 닦아냈다. 남자 타령 하다가 타죽어도 좋다는 말이냐! 할 말이 없다. 타죽는 한이 있어도 에어컨은 달 수 없다는 말이냐!

"에어컨을 달 바엔 차라리 탈진해서 쓰러지고 말지! 하하하하!"

그래, 제시, 너 잘났다, 네 똥 굵다! 이런 차를 얻어 타고 가는 내가 잘못이다. 지금 세상이 21세기하고도 20년이 넘게 지났는데 설마 에어컨 없는 자동차가 있을 줄이야. 자동차를 타고 있는 건지 사우나를 하고 있는 건지 모르겠다. 이렇게 더울 줄 알았으면 안 타는 게 나을 뻔했어.

…….

아니, 그건 아니지. 하여튼 인간이란 어찌나 만족할 줄 모르는 족속인지. 이 차에 타지 않았다면 난 사막 한가운데에서 벌써 숨이 끊어졌을지도 모른다. 이 차라도 탔으니 그나마 목숨도 부지하고 담배도 피우고 도넛도 먹을 수 있다.

하지만 아무리 긍정적으로 생각하려 한들, 이 무지막지한 더위를 피할 수는 없다.

뙤약볕 아래에서 직사광선을 받았다가는 5분도 안 돼서 화상을 입을 정도다. 얼른 해가 졌으면 좋겠다. 머리 꼭대기에 있는 태양이 얼른 자동차 오른쪽으로 이동해야 한다. 오른쪽으로. 동쪽으로···.

응? 해가 동쪽으로 지나? 아니지, 해는 서쪽으로 지지. 지금 우리는 앨버커키로 가는 길이다. 북쪽으로 가다 보니 해가 서쪽에서 떴다가 동쪽으로···.

아니잖아. 해가 자동차 오른쪽으로 지려면 남쪽으로 가고 있어야 한다. 그래야 말이 된다. 그래야 태양이 왼쪽에서 떴다가 오른쪽으로 진다. 그러니 지금 우리는 남쪽으로 가고 있다는 말이다. 하지만 제시도 월터 선생님도 앨버커키로 간다고 말하지 않았나. 앨버커키는 북쪽에 있는 도시일 텐데.

"있잖아, 제시."

"어허?"

"우리 지금 어디로 가고 있지?"

"출발할 때 말했잖아. 위 아 고잉 투 앨버커키!"

"근데 지금 우리 남쪽으로 가고 있는데?"

"그게 무슨 말이야. 우린 북쪽으로 가고 있어."

"어쩐지 뭔가 이상하다 싶었지." 월터 화이트가 끼어들었다. "대견 말대로 우린 지금 남쪽으로 가고 있어. 태양이 지금 우리 오른쪽으로 떨어지고 있으니 그쪽이 서쪽이 될 테고, 그 말은 곧 우리가 가는 방향이 남쪽이란 소리지. 이 속도로 이렇게 오래 달렸는데 아직 앨버커키가 코빼기도 안 보이는 게 이상하다 싶었어. 게다가 아무리 사막 풍경이라고 해도 왠지 낯선 느낌이 들었거든."

그 말을 듣고서야 제시 핑크맨이 브레이크를 밟았다.

"리얼리? 그런 줄 알았으면 왜 진작 말을 안 했어요?"

"긴가민가하던 참이었어." 월터 화이트가 어깨를 으쓱했다.

"그럼 도대체 얼마나 내려온 거야." 제시 핑크맨이 투덜거렸다. "조금만 더 갔으면 멕시코 국경선 구경할 뻔했네."

"지금이라도 알았으니 다행이지. 얼른 차 돌리고 다시 올라가자." 월터 화이트가 말했다.

그때 덜컥, 하고 자동차 뒷문이 열렸다. 문이 열린 곳에 낯선 여자가 한 명 서 있었다.

"그라시아스. 무차스 그라시아스."

"이 여자 뭐야? 당신 누구야?" 제시 핑크맨이 말했다.

"오, 스페인어 모르시나 보네요. 차 태워줘서 고맙다고 했어요. 저 태워주려고 차 세운 거 아니에요?"

제시 핑크맨이 우물쭈물하자 월터 화이트가 솜씨 좋게 대처했다.

"우선 타세요. 이런 땡볕 아래에서 고생 많았겠네요."

"그럼 잠시만 얻어 탈게요. 고마워요."

나는 왼편으로 자리를 옮겼고, 여자는 뒷좌석 오른편에 앉았다. 여자는 자리에 앉자마자 대뜸 이렇게 말했다.

"얼른 출발해주세요. 저 지금 쫓기고 있거든요."

그 말을 듣는 순간 잠시 잊고 있던 말이 다시 떠올랐다. 누군가 쫓고 있다.

나는 고개를 돌려 창문 밖을 살펴보았다. 사막에서 도로에서 다시 사막으로. 움직이는 건 아무것도 없었다.

"맞아요, 지금 당장은 아무것도 안 보일 거예요. 하지만 전 알 수 있어요. 그가 분명 저를 쫓고 있으니까."

"그가 누구예요?" 내가 물었다.

"알베르토."

"설마! 그럼 당신은 루페*?"

"맞아요. 그러니 이런 곳에서 머뭇거리고 있을 틈이 없어요."

"그럼 어디로 가야 하죠?"

"당연히 산타 테레사죠. 남쪽으로 가야 해요."

루페의 말대로다. 알베르토가 우릴 쫓아오고 있다. 아마 우리를 발견하자마자 죽일 것이다.

하여튼 킴 선생님이 문제다. 많고 많은 여자 중에 하필 루페랑 연애질을 하다니. 루페의 기둥서방이 무시무시한 알베르토라는 사실을 모르지도 않았을 텐데. 그리고 어떻게 딸 또래의 여자애랑 잠자리를 할 수 있지? 당최 이해를 할 수 없다.

좌우간 눈 벌겋게 뜨고 있는 상태로 그런 일을 당했으니 알베르토 입장에선 뚜껑이 열릴 수밖에. 킴 선생님은 자기 부인 폰트 여사가 있는데도 루페를 집 안으로 들였어. 완전히 정신이 나간 거지. 그

---

* 알베르토와 루페, 그리고 곧이어 나오는 아르투로 벨라노와 울리세스 리마는 로베르토 볼라뇨의 소설 《야만스러운 탐정들》에 나오는 캐릭터들이다.

래서 알베르토는 킴 선생님 집 앞에 자신의 차를 주차해두고 하루 종일 감시했어. 루페 코빼기만 보여봐라 당장 쳐들어가 주겠다, 이런 심산이었겠지. 그렇게 집 안에서 옴짝달싹 못 하는 상황에서 우리의 구세주 아르투로 벨라노와 울리세스 리마가 나타난 것이다.

"그쪽 이름이 뭐예요?" 루페가 물었다.

"저요? 메 야모 대겸."

"대겸, 우리가 지금 어떤 상황에 처했는지 알고 있지? 우린 당장 남쪽으로 가야 해." 운전석에 있던 울리세스 리마가 말했다.

리마가 말하는 '어떤 상황'이란 다음과 같다. 킴 선생님이 자신의 집에 등장한 벨라노와 리마에게 1972년산 하얀 임팔라를 내주었고, 이들은 루페를 차에 태운 채 킴 선생님 집에서 빠져나온다. 하지만 집 입구에서 알베르토 일당과 사소한 싸움이 일어나고, 그때 알베르토는 벨라노에게 자신의 낭심을 가격당하는데, 덕분에 벨라노와 리마와 루페는 도망칠 시간을 벌지만 알베르토는 완전히 이성을 잃은 채 분노하고, 평소 알베르토는 권총을 가지고 다녔는데, 원래는 위협용으로 소지했으나 앞으로 우리를 만나면 가격할지도 모른다는, 다시 말해 목숨이 간당간당한 상황에 처한 것이다.

"우리가 알베르토 일당에게 쫓기고 있긴 하지만, 동시에 우리는 누군가를 추적하고 있어. 어쨌거나 반가워. 우리가 이 임팔라를 세우지 않았으면 소노라 사막 한가운데에서 타죽었을지도 몰라."

보조석에 앉아 있던 아르투로 벨라노가 말했다.

글쎄, 무장한 일당에게 쫓기고 있는 처지에 반갑다고 해야 할지 고맙다고 해야 할지 모르겠다. 언제 어디서 총을 맞아도 할 말이 없는 상황이니 말이다. 그렇지만 벨라노의 말이 거짓은 아니다. 이들이 차를 세워주지 않았으면 나는 몇 시간도 버티지 못한 채 멕시코의 작열하는 태양 아래에서 갈사했을지도 모른다.

"울리세스, 여기서 너무 많이 지체했어. 얼른 출발하자." 루페가 말했다.

"끌라로!"

임팔라가 다시 움직이기 시작했다.

남쪽으로!

산타 테레사로!

우리는 한참 동안 소노라 사막을 달렸다. 앨버커키의 사막과는 완전히 다른 느낌이었다. 좀 더 황무지에 가까운 땅이라고 할까.

"여긴 사막에 선인장이 많이 보이네." 내가 말했다.

"그냥 선인장이 아니야." 루페가 말했다.

"그럼?"

"각각 이름이 있어. 저건 파타야, 저건 노팔, 그리고 저기 있는 건 사우라로."

루페는 손가락으로 창밖을 가리키며 일일이 이름을 알려줬다. 친절한 루페.

반면 앞 좌석에 앉아 있는 울리세스 리마와 아르투로 벨라노는 아무 말이 없었다. 간혹 둘이서 수군거리기는 했지만 목소리가 작아서 무슨 말인지 알아들을 수 없었다. 비밀스러운 대화를 나누고 있음이 분명했다.

해가 지기 전, 우리는 카나네아의 교외 주유소에 들러 저녁을 먹었다. 식사를 하던 중 리마가 입을 뗐다.

"계속 2번 도로를 타고 가야 할지 어떻게 해야 할지 모르겠네."

"산타 테레사로 가는 길 몰라? 내비게이션 찍어보면 되잖아." 내가 말했다.

"좀 이상한 말일지 모르겠지만, 산타 테레사는 움직이는 도시야." 루페가 말했다.

도시가 움직인다니. 바다 위에 떠 있는 섬도 아니고. 아니지, 섬이라고 해도 움직이지는 않잖아.

"움직이는 도시라는 말이 의아하게 들릴지 모르겠지만, 그곳을 찾아가려는 사람들은 도시가 움직인다고 생각할 수밖에 없어. 찾기가 너무 어렵거든." 벨라노가 말했다.

"그래서 내비게이션도 아무 소용이 없어. 분명 내비게이션에 목표 지점을 설정해도 자꾸 오류가 나거든. 산타 테레사에 갈 땐 애초에 내비게이션을 끄고 가는 편이 나아." 리마가 말했다.

"미로의 출구를 찾아야 하는 상황처럼 들리네." 내가 말했다.

"바로 그거지. 심지어 우리가 움직일 때마다 미로의 출구도 동시에 움직이니까 오직 감으로 찾아가는 수밖에 없어." 벨라노가 말했다.

저녁 식사 후 나는 말보로를, 벨라노와 리마와 루

페는 발리를 피웠다. 다시 출발할 땐 벨라노가 운전석에 앉고 리마가 보조석에 앉았다.

"벨라노, 너 면허증 없지 않아?" 루페가 말했다.

"괜찮아. 배웠어."

우리는 산타 아나, 알타르를 지나 결국 카보르카까지 가서 차를 돌렸다. 아무래도 길을 잘못 든 것 같았다. 해는 이미 떨어진 지 오래였다. 시간이 얼마나 됐는지 알기 어려울 정도로 그저 캄캄하기만 한 밤이 계속되고 있었다.

우리는 왔던 길을 되돌아가 결국 카나네아에 다시 도착했다. 거기서 남쪽으로 방향을 틀어 비포장도로를 달렸다.

루페는 진작부터 졸기 시작하더니 남쪽으로 방향을 틀 무렵부터 내 어깨에 머리를 기댔다. 나는 루페 쪽으로 몸을 옮겨 루페가 편하게 기댈 수 있도록 했다.

도로에 있는 간판을 확인했기에 바카누치와 디에시세이스 데 셉티엠브레 마을을 지나 아리스페에 이른 것까지는 기억이 났다. 루페가 잠에서 깨 미안하다는 듯 나를 보았지만 얼마 안 있어 다시 내 어깨에 기대 잠들었고, 나도 슬슬 졸리기 시작할 무렵이었다.

너희들은 안 졸려? 벨라노와 리마에게 물었지만 둘은 아무 대답도 하지 않았다. 답이 없으니 내가 실제로 물었는지 아니면 물으려고 생각만 했는지 아리까리했다.

아리스페에서 도로가 다시 좋아지면서 본격적으로 졸음이 쏟아졌다. 그 이후에는 기억이 희미하다. 몇 번 잠에서 깨기도 했지만 비몽사몽한 상태였다. 바나미치라는 간판을 본 것 같기도 하고 로스 오요스라는 간판을 본 것 같기도 하고, 어쩌면 나코사리 데 가르시아라는 간판을 봤는지도 모르겠다. 그러다 완전히 잠이 들었고, 잠에서 깼을 때 우리가 타고 있던 임팔라는 멈춰 있었다.

창밖으로 동이 터오고 있었고, 리마와 벨라노는 차 안에 없었다.

나는 슬그머니 어깨를 빼고 루페를 똑바로 앉혀 둔 채 차에서 나왔다. 대로변이었다. 이른 시간이라 거리엔 차도 사람도 드물었다. 차에서 조금 떨어진 슈퍼 앞에서 벨라노와 리마가 발리를 피우고 있었다. 나를 보자 벨라노가 살짝 손을 들었다.

"도착했어?" 그들에게 다가가며 물었다.

"여기가 산타 테레사야." 리마가 말했다.

드디어 남쪽에 도착했군, 이라 생각하며 나는 말보로를 꺼내 물었다.

"루페는 자고 있어?" 벨라노가 물었다.

"완전히 기절한 상태 같아."

"며칠 전부터 잔뜩 긴장한 상태에 잠도 제대로 못 잤으니 피곤할 만도 하지." 리마가 말했다.

"너희들은 어때? 밤새 운전하느라 피곤할 텐데."

"우리도 얼른 숙소 잡고 들어가서 자야지."

벨라노는 그렇게 말하며 담배꽁초를 바닥에 버렸다. 자리에서 일어나 기지개를 켰다가 양손을 검정 가죽 재킷 주머니에 넣었는데, 잠시 후 그의 오른손엔 작은 페이퍼백 한 권이 들려 있었다. 벨라노가 그 책을 내려다보며 말했다.

"이거 안 가지고 왔으면 어쩔 뻔했어."

"그러게 말이지." 리마가 말했다.

"무슨 책인데?" 내가 물었다.

"우리가 밤새 졸음을 쫓아가며 운전할 수 있게

해준 책. 운전만 교대로 한 게 아니라 책 읽는 것도 보조석에 앉은 사람이 교대로 했지." 리마가 말했다.

"밤새 안 졸고 봤을 정도면 엄청 재밌었겠는데?"

내 질문에 벨라노가 답했다.

"내가 좋아하는 SF야. 로봇 이야기. 어떤 가족이 있는데 어느 날 아버지가 돌아가셔. 로봇 공학자였던 아버지는 가족들에게 로봇 한 대를 유산으로 남기지. 본인이 직접 만든 로봇. 〈스타워즈〉에 나오는 R2D2랑 비슷하게 생긴 로봇인데, 그보다는 다리가 조금 더 길어. 장례식이 끝나고 며칠 지났을 때 느닷없이 이 로봇이 집에 나타나지. 주인공이랑 엄마가 현관에 서 있는 로봇을 보고 이게 뭔가 하고 의아하게 생각하고 있으려니 로봇이 스스로 자기 몸통에 있는 모니터를 탁 켜. 그러자 모니터에 아버지의 모습이 짜잔, 하고 등장. 모니터의 아버지는 가족에게 이런 말을 하지."

여보, 그리고 내 아들아. 지금 이 영상을 보고 있을 즈음이면 난 이미 이 세상 사람이 아니겠구나. 시간도 없고, 갑자기 누가 들어올지도 모르니 간단히 말할게.

이 로봇은 내가 죽은 뒤에 우리 가족을 위해 일할 로봇이야. 원래는 전쟁 수행을 위해 모 기업에서 지원을 받아 비밀리에 제작하고 있는 로봇 중 하나지. 그런데 몇 달 전 건강 검진에서 '더블 디' 판정을 받고 나자 앞이 막막해지더라. 내 생명이 얼마 남지 않았다는 생각을 하고 나니 전쟁용 로봇을 계속해서 만드는 일이 무슨 소용이 있겠나 싶었어. 생명을 짓밟고 자연을 파괴하는 로봇을 만들어서 뭐 하려고. 혹시 이런 로봇을 만들었기 때문에 내가 벌을 받은 건 아닐까, 그런 생각도 들었고. 어쨌건 그날 이후 나는 죽기 전까지 우리 가족을 위해 돈을 벌 수 있는 로봇을 만들기 시작했어. 기관의 눈치를 봐가면서 그들 몰래 프로그램을 하나 더 짰지. 지금 보고 있는 로봇이 바로 그 결과물이야. 죽기 전에 가족들과 조금이라도 더 시간을 보낼 수 있으면 좋았을 텐데. 사랑하는 아들아, 넌 영원한 나의 희망이고 자랑이다. 아버지 없이도 씩씩하고 건강하게 자라길 바란다. 어머니 말씀도 잘 듣고. 그리고 당신. 너무 많은 생각이 떠올라서 어떤 말을 해야 할지 모르겠어. 편지로 쓸게. 사랑해.

아버지가 녹화해둔 영상이 끝나자 로봇은 모니터를 꺼버렸다. 그러고 나서 팔에 부착되어 있던 청소 도구로 자신의 발을 한쪽씩 닦은 후 거실 안으로 들어왔고, 늘 하던 일을 하는 것처럼 익숙한 동작으로 거실 구석으로 가더니 자신의 왼쪽 어깨에서 전선 코드를 꺼내 벽면에 있는 콘센트에 꽂았다. 배에 있는 모니터에 '32'라는 푸른색 숫자가 깜빡였다. 로봇은 다리를 쭉 편 채 그 자리에서 90도로 앉았다. 시간이 지나자 모니터의 숫자가 '33', '34'로 하나씩 올라갔다.

로봇이 오고 며칠이 지났다. 로봇이 왔다고 해서 당장 우리 가족의 삶이 달라진 것은 아니었다. 로봇은 그저 매일 규칙적으로 움직일 뿐이었으니.

로봇은 아침 8시 30분이 되면 집에서 나갔고, 저녁 7시가 되면 귀가했다. 그렇게 집에 오면 거실 구석으로 가서 콘센트에 전선 코드를 꽂은 채 얌전히 앉아 있었다. 그 외에 다른 움직임은 없었다.

어느 날 저녁, 식사를 하던 중 어머니가 말했다.

"그런데 저 로봇, 매일 밖에 나가서 무슨 일을 하는 걸까?"

"그냥 이곳저곳 돌아다니지 않을까요? 딱히 무슨 일을 하는 것 같진 않은데… 갑자기 왜요?"

"아까 낮에 통장을 확인해봤는데 돈이 입금돼 있더라고. 보낸 사람은 '로봇'이고."

"아버지가 그렇게 입금되게 설정해둔 거 아닐까요? 설마 쟤가 진짜로 일을 했을 것 같진 않은데."

"너도 쟤 처음 집에 왔을 때 봤잖아, 아버지 영상. 아버지 말처럼 정말 돈 버는 로봇일지도 몰라. 무슨 일을 하고 다니는지는 모르겠지만."

나는 밥을 먹다 말고 고개를 돌려 거실에 있는 로봇을 쳐다보았다. 평소와 마찬가지로 로봇의 몸통 모니터엔 충전율을 나타내는 숫자가 표시되어 있었다. 그것 말고는 특별히 눈에 띄는 모습도 움직임도 발견할 수 없었다.

이튿날, 나는 로봇의 뒤를 밟기 시작했다. 그래야 할 것 같았다. 로봇이 밖에 나가서 어떤 일을 하는지 정말 그것 때문에 돈을 벌 수 있는지 궁금증이 일었던 것이다.

로봇이 집에서 나가는 시간보다 조금 이른 시간에 밖으로 나와 집 건물 옆에 붙어 현관 쪽을 바라보며 로봇이 나타나기만을 기다리다가 그의 뒤를 쫓기 시작했다. 로봇의 걸음걸이는 빠르지 않았다. 출근하는 사람들의 속도와 비교하면 조금 느린 편이기도 했다. 그래서 다른 사람들과 속도를 맞춰서 걷다 보면 자연스레 로봇과의 거리가 좁혀지기도 했는데, 그럴 땐 핸드폰을 꺼내 문자메시지를 보내는 척하며 다시 처음의 거리를 유지했다. 최대한 자연스럽게 행동하며, 그의 뒤를 졸졸 따라갔다.

산타 테레사의 태양은 아침부터 뜨거웠다. 로봇은 뒤도 돌아보지 않은 채 한 시간 넘게 앞만 보며 걸어갔다. 온몸에서 땀이 흘러내렸다.

도대체 언제까지 걷기만 할 셈이지. 어딘가에 들어가야 하는 거 아닌가. 이제 멈출 때도 된 것 같은데.

이상한 건, 로봇이 향하는 곳은 분명 산타 테레사의 중심가일 텐데 걸으면 걸을수록 산타 테레사의 변두리 쪽으로 향하고 있는 느낌이 든다는 점이었다. 거리를 지나는 차와 사람의 수가 줄어들었고, 건물들의 높이도 차츰 낮아졌다. 이대로 가다가는 조만간 미행이 발각될지도 모를 일이었다. 로봇이 향하는 곳이 어디인지 가늠하기 어려웠다.

그러던 중 팟 하고 머릿속에 들려온 목소리.
누군가 쫓고 있다.

어쩌면 제시 핑크맨의 말이 맞는지도 모른다. 누군가가 나를 쫓고 있는 게 아니라, 내가 누군가를 쫓고 있었던 것. 쫓기는 기분만 들었지 실제로 날 쫓는 사람은 없었으니까. 코빼기도 보이지 않았던 알베르토 일당도 마찬가지고.

이제야 알 것 같다. 나는 누군가를 쫓고 있었고, 내가 쫓아야 할 대상은 바로 저 로봇이다. 그렇다면 굳이 미행할 필요도 없으리라. 이제부턴 당당히 로봇의 뒤를 쫓아가면 된다.

로봇도 이미 알고 있을 것이다. 그것이 로봇의 운명일 테니. 로봇은 나를 목적지로 데려다주는 임무를 수행해야 한다.

기왕 당당히 뒤를 쫓기로 마음먹었기에 나는 가볍게 뜀박질을 해서 로봇 쪽으로 따라붙으려 했다. 하지만 달리고 달려도 로봇과의 거리는 줄어들지 않았다. 같은 극성의 자석처럼, 가까워지고 싶어도 가까워지지 않았다. 금세 숨이 차올랐다.

도대체 거리가 왜 좁혀지지 않지? 게다가 고작 2,

3분쯤 달렸다고 이렇게 지치다니.

나는 힘을 쥐어짜내 다리를 조금 더 빨리 움직였다. 헐떡이며 달리다 보니 로봇과의 거리가 조금 가까워지기는 했으나 그것이 한계였다. 로봇과 가까워지려 하면 할수록 몸이 무거워지는 기분이 들었는데, 비유하자면 중력을 더 많이 받는 듯한 느낌이었다. 몸에 힘이 빠져나가면서 달리기의 속도가 차츰 줄어들었다.

그때였다.

박대겸! 힘을 내!

"뭐야? 누구야?"

누구긴 누구야. 지금 네 앞에 있는 로봇이지.

로봇이 갑자기 왜 나한테 말을 걸지? 그나저나 지금 이 대화는 텔레파시로 주고받은 건가? 저 로봇과는 텔레파시로 대화가 가능한가 보네. 그렇다면 혹시.

"아까 누군가 쫓고 있다고 말한 것도 너였어?"

눈치가 빠른 건지 느린 건지 모르겠네. 당연히 텔레파시를 보낸 건 나야. 하지만 사실상 내가 보냈다고 할 수는 없지.

"그게 무슨 소리야?"

버스가 움직인다고 하자. 움직이는 것은 버스가 맞지만 그 버스를 실제로 움직이는 건 버스 기사지.

아하!

"텔레파시를 보낸 건 네가 맞지만 그 텔레파시를 보내게 한 건 네가 아니라는 말이지?"

제대로 이해했군.

"그럼 그 텔레파시를 보내게 한 건 누군데?"

나를 만든 사람이지.

"아버지가 보냈다고?"

그 아버지를 만든 사람.

얘가 지금 무슨 소리를 하는 거야. 아버지를 만든 사람?

"할아버지와 할머니를 말하는 거야?"

그 할아버지와 할머니를 만든 사람.

"지금 나랑 장난하는 거야 뭐야!"

곰곰이 생각해봐, 내가 무슨 말을 하려고 하는지. 그리고 박대겸, 넌 어서 날 따라잡아야 해. 달리라고!

"그러고 싶은데 체력이 바닥나서 더 이상 못 달리

겠어. 그리고 너한테 가까워지면 가까워질수록 점점 몸이 무거워지는 기분이 들어."

그건 당연하지. 지금 우리는 지구 중심을 향해 가고 있으니까. 완만한 경사를 따라 내려가고 있어. 앞으로 점점 더 중력의 영향을 받게 될 거야.

그래서 몸이 무거워지는 기분이 들었구나. 근데 왜 지구의 중심으로 가는 거지? 그곳이 내가 도달해야 할 목적지인가?

"내가 가야 할 곳이 지구의 중심부에 있어?"

거기까진 나도 몰라. 그리고 문제는 지금부터야. 이제부터가 더 힘들어. 이제 슬슬 보일 때가 됐는데.

"보일 때가 됐다니, 뭐가 보이는데?"

네가 지구 중심으로 향하는 걸 방해하는 존재.

날 방해하는 존재라고?

"그게 뭐야?"

좀비일 수도 있고, 귀신일 수도 있어. 살아 있는 존재일 수도 있고 죽어 있는 무언가일 수도 있어. 그 모든 것일 수도 있고, 반대로 그 모든 게 아닐 수도 있어.

이 로봇이 궤변을 늘어놓고 있다. 하지만 더 이상

대꾸할 힘이 없다. 말 그대로, 힘이 없다.

"저기 로봇, 나 발이 무거워서 이제 제대로 걷기가 힘들어. 이미 몇 시간 이상 널 따라다녔다고. 말하기도 힘들고."

여기서 길을 잃으면 넌 세상 밖으로 나갈 수 없게 돼. 이곳에서의 한 걸음은 바깥에서의 100미터 정도와 맞먹거든. 이미 우리는 지구 깊은 곳까지 내려온 상태야. 이 공간에서 나를 따라잡지 못하면 넌 완전히 미아가 될지도 몰라. 그러니 무조건 힘을 내야 해.

하지만 로봇과의 텔레파시는 이것이 마지막이었다. 치지직, 치지지직, 하는 잡음과 함께 10여 미터 앞에 있던 로봇이 사라지고 말았다.

"야! 내 말 들려? 갑자기 네가 안 보여!"

어느 순간 자욱하게 안개가 끼더니 시야를 가렸다. 손을 앞으로 뻗으면 손끝이 제대로 보이지 않을 만큼 짙은 안개였다.

나는 잠시 자리에 선 채 거칠게 호흡을 내쉬었다.

아까 로봇이 그랬지, 여기서 한 걸음이 바깥에서의 100미터 정도 된다고. 그러니 이렇게 순식간에 체력이 고갈된 거야. 실제로는 몇백 미터밖에 달리지 않았지만, 바깥 공간에 있다고 가정하면 무려 몇 킬로미터를 달린 셈이니까.

한 치 앞도 보이지 않는 상황에서 내가 무엇을 할 수 있지? 쫓고 있던 로봇은 시야에서 사라졌고 더 이상 텔레파시도 들리지 않아.

로봇의 말이 맞았다. 안개인지 연기인지 알 수 없는 것, 이런 현상이, 어쩌면 아까 로봇이 말했던 방해하는 존재일지도 모른다. 방해하는 존재가 나타나기 전에 힘을 짜내어 로봇에게 다가갔어야 했다.

하지만 한편으론 이해할 수 없는 점도 있다. 내가 자신을 따라가는 줄 알았다면 로봇은 왜 멈춰서 날 기다리지 않았을까. 자신이 해야 할 일이 나를 어디론가 데리고 가는 일이었다면, 왜 진작 나에게 텔레파시를 보내지 않았을까. 설명할 시간은 충분히 있었던 것 같은데. 그럼에도 하지 않은 이유는 무엇일까.

그 사실을 스스로 깨닫기를 바라서였나.

모르겠다, 모르겠어. 어쨌거나 다시 어딘가로 움직여야 할 텐데, 방향 감각을 상실했다. 앞이 보이지 않으니 어디로 가야 할지 알 수 없다. 누가 길 안내라도 해주면 좋을 텐데… 라고 생각하기가 무섭게 전방

4, 5미터쯤 떨어진 곳에서 펑, 하는 소리와 함께 무언가가 나타났다.

아들아, 아버지다.

갑자기? 아버지라고?

안개 속에 가려 흐릿한 실루엣으로만 보였던 형체가 내 쪽으로 다가왔고, 차츰 얼굴 윤곽이 드러났다.

아버지가 맞았다. 로봇의 배 모니터에서 보았던 아버지와 똑같은 얼굴이었다.

하지만 그 순간 치미는 감정은 반가움이라기보다는 꺼림칙함이었다. 방해하는 존재일지도 모른다는 의구심이 강하게 치밀었다.

여긴, 어쩐 일이세요?

아들이 이런 안개 속에서 헤매고 있는데 애비 된 노릇으로 지켜볼 수만은 없어서 이렇게 찾아왔지.

그게… 가능해요?

이렇게 네가 직접 보고 있잖아.

그래도 이곳 자체가 바깥세상과는 조금 다른 곳이고, 무엇보다 아버지는 이미 이 세상 사람이….

죽은 사람이 어떻게 이런 곳까지 찾아올 수 있느냐 이거지?

나는 차마 입을 떼지 못한 채 몇 차례 고개를 까딱거렸다.

염라대왕이 그렇게 혹독하기만 한 양반은 아니더라고. 내가 이래저래 사정을 하니까 보내주더라고. 오래 있을 순 없지만.

얼마나?

딱 한 시간.

그것밖에 못 있어요?

이것도 겨우 얻어낸 시간이야. 규정대로라면 나오는 것조차 불가능한 일이니까. 그러니 여기서 지금 머뭇대고 있을 시간이 없어. 어서 움직여야 해.

어디로 가야 해요?

어디긴 어디야, 당연히 그곳이지.

아버지는 그곳이 어딘지 아세요?

당연히 알지. 나의 아버지가 알았고, 나의 아버지의 아버지가 알았고, 나의 아버지의 아버지의 아버지가 알았던 곳이기도 하지. 그리고 나도 알고 있고, 이제는 너도 알게 될 게다.

아버지는 그렇게 말하더니 내게 손을 내밀었다.

자, 내 손을 잡아라. 그래야 이런 안개 속에서 길

을 잃을 염려가 없다.

잠시나마 대화를 하고 나니 처음 가졌던 경계심은 많이 사그라졌기에 나는 아무 의심 없이 아버지의 손을 잡았다. 아버지의 손은 차갑고 딱딱했다. 인간의 손이 아닌 것 같았다. 마네킹의 손을 잡고 있는 듯한 느낌이 들었고 심지어 시신의 손을 잡고 있는 듯한 느낌마저 들었다.

그럼 이제 가자, 라고 말하며 아버지는 내 팔을 잡아당겼다. 그 순간 어떤 악의 같은 것이 아버지의 손을 통해 찌리리리릿, 하고 느껴졌다.

잠깐만요! 라고 외치며 잽싸게 아버지의 손에서 내 손을 빼냈다.

갑자기 왜 그러냐. 여기서 이렇게 노닥거리고 있을 시간 없다니까.

내가 잘못 느꼈나? 방금 그 악의에 찬 느낌은 뭐지? 분명 다정함과는 거리가 있는 느낌이었는데. 나쁜 속임수를 써서 나를 악의 구렁텅이에 빠트리려고 하는 사람의 조바심 같은 것이 느껴지는 손이었는데.

아버지는 다시 한번 자신의 손을 잡으라고 말했

다. 아버지는 평생 내 손을 잡고 이끈 적이 없다. 뒤에서 지켜보면 지켜봤지, 내가 길을 잃었다고 해서 손을 내밀며 앞장서서 나갈 사람이 아니다.

어서 손 안 잡고 뭐 해! 계속 이대로 있다가는 아까 로봇이 사라진 것처럼 나도 갑자기 사라질지 모른다니까!

아버지의 목소리 톤이 달라졌다. 초조함이 느껴지는 목소리. 이건 분명 아버지의 목소리가 아니다.

그리고 다시 떠오르는 로봇의 말. 방해하는 존재. 로봇이 했던 말을 잊어서는 안 된다. 이 세계에서, 로봇은 어쩌면 나에게 진실을 말해주는 유일한 존재일지도 모른다.

그러므로 저 사람은, 아니 저 형체는, 겉모습만 아버지일 뿐 실제의 아버지가 아닐 것이다. 나를 나쁜 곳으로 이끌기 위해 수작을 부리고 있다. 내가 가고자 하는 그곳이 어디인지도 모를 것이다. 그저 나를 이 세계에서 미아로 만들기 위해 내 앞에 나타났다.

자, 어서 가자니까.

그가 다시 나에게 손을 내밀었다.

그는 아버지의 탈을 쓰고 있는, 나를 방해하는

존재일 뿐이다.

나는 양팔로 그를 거칠게 밀어버렸다.

이게 뭐 하는 짓이야!

그가 쓰러질 듯 쓰러지지 않은 채 뒷걸음치며 소리쳤다. 나는 아무 대꾸도 하지 않은 채 그가 있던 곳과 반대 방향으로 달리려고 했다. 하지만 실제로는 달리지 못한 채 그저 한 발짝 한 발짝 힘들게 걸음을 내딛는 수밖에 없었다. 뒤에서 아버지가 뭐라고 고함치는 소리가 들렸지만 전부 무시한 채 계속해서 거리를 넓혀갔다.

그렇게 한 걸음 한 걸음 내디디며 얼마나 걸었을까. 서서히 안개가 걷히더니 시야가 확보됐고, 어느새 눈앞에는 끝이 보이지 않을 정도로 높은 탑이 자리하고 있었다.

탑을 본 순간 이곳이 나의 최종 목적지라는 사실을 본능적으로 깨달았고, 그렇다면 내가 올라가야 할 곳은 이 탑의 정상이겠구나, 라고 생각하며 탑을 올려다보고 있는데 마침 탑에서 나온 두 명의 여자가 내 쪽을 향해 걸어오고 있었다. 한 명은 짧게 자른 검은 머리에 군복을 입은 근육질의 체형이었고,

나머지 한 명은 금발의 단발머리에 트레이닝복을 입은 호리호리한 체형이었다. 손을 맞잡고 있던 둘은 내 앞으로 오더니 고개를 저으며 말했다.

"설마 여기 올라갈 생각은 아니죠?" 금발의 단발머리가 말했다.

"맞는데요?"

"어휴, 너무 더워요."

"에어컨도 없고 선풍기도 없어요."

군복의 근육질이 이마의 땀을 닦으며 투덜댔다. 그냥 밀리터리 패션을 좋아하는 사람인가 보다.

"얼마나 올라갔어요?" 내가 물었다.

"올라가는 데 이틀, 내려오는 데 하루하고 반나절 정도 걸린 것 같아요."

금발이 자신의 머리를 뒤로 묶었다 내려놓으며 말했다.

"체력도 체력이지만, 정말 더위와의 싸움입니다."

군복이 손으로 부채질을 하며 말했다.

"하지만 전 여기 정상에 반드시 올라가야 해요."

"그곳에 가기 위해서죠?" 금발이 물었다.

"물론이죠. 두 분은 안 가려고요?"

"그곳이 어떻게 생겼는지, 그곳에 무엇이 있는지 궁금하기도 하지만, 굳이 눈으로 직접 봐야 할 필요는 없으니까요." 금발이 말했다.

"전 사실 이 친구만 있으면 돼요."

군복이 금발의 손을 잡으며 말했다. 금발은 어깨를 으쓱하며 나를 쳐다보았다.

"옆에 누군가 있다는 건 행복한 일이니까요." 내가 말했다.

"곰곰이 생각해보면 누구나 다 옆에 누군가가 있긴 있죠. 사소한 차이점이야 있겠지만." 금발이 말했다.

"저희가 시간을 뺏은 것 같네요. 얼른 올라가보세요. 꼭 그곳에 도착할 수 있길 바랄게요." 군복이 말했다.

둘은 나에게 가볍게 목례하더니 탑에서 멀어져 갔다. 손을 잡은 채 작아지는 그들의 모습을 바라보다가 나는 몸을 돌려 탑 쪽으로 다가갔다.

입구에 서서 크게 숨을 들이마셨다 내쉬고 나서 탑 안으로 들어가 계단을 오르기 시작했다.

계단은 벽을 따라 나선형 모양으로 만들어져 있었고, 벽에는 가로세로 1미터 정도의 창문이 군데군데 있어서 그곳으로 사막의 더운 바람이 수시로 불어들었다. 탑 가운데이자 계단 안쪽은 뻥 뚫려 있었지만 혹시 모를 추락 사고를 대비해서인지 중간중간 그물이 설치돼 있었는데, 계단을 오르고 몇십 분쯤 흐른 뒤 그물의 용도를 확인할 기회가 생겼다.

계단을 오르다가 힘들면 잠시 쉬며 탑의 창문 밖으로 사막의 풍광을 감상하다가 다시 오르기를 반복하던 중 갑자기 "꺄아아아악!" 하는 소리와 함께 마침 내가 있던 곳 계단 안쪽 구멍에 설치돼 있던 그물이 출렁, 하고 요동치는 것을 보았다. 사람이 추락한 것이었다. 교복을 입고 있는 여학생이었다.

학생은 까무러칠 듯 소리 지를 때는 언제고 아무 놀란 기색도 없이 그물에서 몸을 일으키더니 엉금엉금 기어 계단 쪽으로 넘어왔다.

"어? 사람이 있었네." 학생이 말했다.

"아, 어. 몸은 괜찮아? 다친 데는 없고?"

"당연히 괜찮죠!"

"꽤 높은 데서 떨어진 것 같은데."

"여기 그물, 굉장히 안전해요. 쿠션감이라고 해야 하나 '출렁감'이라고 해야 하나? 아무튼 그런 것도 굉장히 좋고요. 그리고 어차피 제가 뛰어내리고 싶어서 뛰어내린 건데요, 뭘."

"일부러 뛰어내렸다고?"

"재밌잖아요."라고 말하더니 학생은 꺽꺽꺽꺽, 고개를 뒤로 젖힌 채 호방하게 웃었다. 웃음소리가 탑 안에서 메아리처럼 울려 퍼졌다. 반복적으로, 그리고 다분히 인위적으로 웃고 있는 모습을 보고 있으려니 왠지 모르게 오싹한 기운이 느껴졌다.

설마 날 방해하는 존재는 아니겠지.

그러다가 뚝, 웃음을 그친 학생이 나에게 말했다.

"아저씨도 한번 뛰어내려 보세요. 스트레스도 풀리고 기분도 좋아요. 시원하기도 하고."

"난 지금 그렇게 노닥거리고 있을 시간이 없어. 지치기 전에 얼른 탑 정상에 올라가야 하니까."

"에이, 어른이 돼 가지고 뭘 그렇게 조급하게 굴어요. 이거 한 번 하는 데 몇 시간씩 걸리는 것도 아니고, 고작 30분 정도만 투자하면 되는데. 스트레스가 단숨에 사라진다니까요!"

뭐 이런 애가 다 있어.

"아저씨, 설마 속으로, 뭐 이런 애가 다 있어, 라고 생각한 건 아니죠?"

깜짝이야.

"깜짝 놀란 것도 티 나요."

어떻게 내 속마음을 귀신같이 맞히지? 설마 진짜 귀신인가? 얼른 표정 관리를 하자. 말을 다른 방향으로 돌려야지.

"넌 여기에 왜 왔어?"

"이 탑에 오는 사람들 목적, 다 똑같지 않나요? 당연히 그곳에 가려고 왔죠. 잠깐, 잠깐. 그런데 왜 올라갈 생각은 안 하고 여기서 자꾸 뛰어내리고 있냐고 물으려고 하죠?"

"그렇다면?"

"올라가면서 천천히 대화를 나누죠."

그렇게 우리는 함께 계단을 오르기 시작했다. 계단을 올라가던 중에 학생이 먼저 입을 뗐다.

"이렇게 누군가와 같이 올라가는 건 처음이에요."

"나도 처음인데."

"아저씨는 여기 온 지 얼마 안 됐잖아요."

"넌 얼마나 됐는데?"

"한 일주일 정도?"

"일주일이나 지났는데 아직 여기까지밖에 못 올라왔다고?"

"농담이에요, 농담. 하여튼 아저씨들은 왜 이렇게 단순한지 몰라. 이제 하루쯤 지났으려나."

쪼그만 게 아주 날 못 가지고 놀아서 안달이군.

"일주일이든 하루든, 너무 조금밖에 못 올라온 거 아니야? 난 한 시간 정도밖에 안 지난 것 같은데."

"이런 재미없는 얘기 할 줄 알았다."

뭐라고? 이 자식이 자꾸.

"맞아요. 하루 지난 것치고는 너무 조금밖에 못 올라왔죠. 근데 그게 왜요? 한 시간 동안 100미터를 올라갔으니 24시간이 지났으면 2,400미터라도 올라가야 하나요? 사람이 기계도 아니고."

"하지만 우리가 번지점프나 하려고 여기에 오진 않았잖아. 가야 할 곳이 있잖아."

"남들보다 조금 천천히 가면 되죠, 뭐. 다른 것보다 지금은 번지점프 하는 게 너무 재밌거든요. 그곳에 뭐가 있는지는 알 수 없지만, 지금 번지점프 하는 것보다는 재미없을 게 분명해요."

목적을 가지고 어떤 일을 시작했는데, 막상 그 목

적보다는 다른 일에 흥미를 느끼고 있는 상황인가 보군.

"그렇다고 백년 천년 번지점프만 하진 않겠죠. 지금 재미있긴 해도 자꾸 반복하다 보면 언젠가는 질릴 테고, 그때쯤 돼서 다시 올라가면 돼요. 그렇게 생각하지 않아요?"

"일리 있는 말이네."

"빨리 올라간다고… 물론 빨리 올라가면 그곳에 빨리 다다르게 될 테고… 모르겠어요. 각각 장단점이 있겠죠. 저는 쉬엄쉬엄, 번지점프도 해가면서, 천천히 올라갈 생각이에요."

"어쩌면 네가 아직 어려서 그렇게 생각하는 건지도 모르겠다. 난 이미 나이를 많이 먹어서 서둘러 올라가야 해. 시간이 그리 많이 남아 있다는 느낌이 안 들거든."

"아저씨 이런 속담도 몰라요? 돌아갈수록 급하게 가라!"

음? 이게 무슨?

"아, 이게 아닌가? 바뀌었다. 급할수록 돌아가라. 그리고 이런 속담도 있죠. 빨랐다고 생각할 때가 가장 늦었을 때다."

"늦었다고 생각할 때가 가장 빠를 때다, 겠지."

"어쨌거나요. 지금 아저씨한테 가장 필요한 속담 같아요."

그 말을 끝으로 우리는 잠시 입을 다물었다. 땀방울이 이마에 송골송골 맺히기 시작했다. 학생은 손등으로 이마에 흐르는 땀을 닦아냈다. 벽에 있는 창문으로 더운 바람이 불어들었다.

"전 이제 다 왔어요."

"다 왔다니, 아직 한참 더 올라가야 하는데."

"여기 보세요. 그물이 있잖아요. 아까 그 아래쪽 그물로 번지 점프할 수 있는 가장 높은 곳이라고요, 여기가."

"정말 더 안 올라갈 생각이야?"

"이게 얼마나 재밌는데요. 이 재밌는 걸 두고 뭐 하러 힘들게 올라가겠어요."

모르겠다. 요즘 10대들은 다 이런가. 아까 나이가 많아서 시간이 없으니 빨리 올라가야 한다고 말하긴 했지만, 사실 어릴수록 조금이라도 더 빨리 목표한 곳에 가고 싶어 하지 않나? 누구보다 자기 미래가 불안할 시기일 텐데. 이 학생은 그런 모습이 전혀 없는 것 같다.

"그럼 여기서 헤어져야겠네."

"네, 아차, 근데 아저씨 이름이 뭐예요?"

"갑자기 이름은 왜?"

"그냥 궁금해서."

"내 이름은…."

어라?

기억이 안 난다!

내 이름이 뭐였더라?

기억상실증인가, 왜 이름이 기억이 안 나지?

"설마 자기 이름 까먹은 건 아니죠?"

설마가 사람 잡는다더니, 정말 내 이름을 까먹은 것 같다. 언제부터 이름을 잊고 있었지? 그러고 보면 누군가에게 이름을 불린 기억이 아득한 느낌이다. 기억을 되돌려보자. 지금껏 여러 사람을 만났으니 그중엔 누군가 분명 내 이름을 불러줬을 것이다. 이 학생을 만나기 전엔 누구를 만났더라? 그래, 군복, 금발 커플. 그 사람들은 내 이름을 부른 적이 없어. 당연하지. 이름을 모르니까. 그 전엔 또 누구였더라?

맞아, 아버지. 아버지는 내 이름을 불렀겠지. 아닌가? 아버지도 내 이름을 안 불렀어. 그냥 아들, 이라고만 하고 이름을 부르지는 않았어. 이름을 모르진 않았을 텐데. 아버지 전에는 누구였더라. 그 전이 로봇이었던 것 같은데, 맞아, 로봇이 내 이름을 불렀어. 마지막으로 내 이름을 부른 존재는 로봇이었어.

박대겸, 힘을 내!

머릿속에 생생하게 전해지는 로봇의 목소리. 어느새 눈앞엔 로봇이 나타나 있었다.

"그래, 힘을 내야지. 아직 탑의 반의 반의 반도 못 올라온 것 같은데."

내가 로봇의 말에 대꾸하자 로봇이 나에게 질문했다.

너, 탑에 올라온 지는 얼마나 됐어?

"벌써 사흘쯤 된 것 같아."

그럼 잘됐다. 내가 아주 끝내주는 경치 알려줄게. 이쪽으로 와서 벽에 난 창으로 바깥을 봐. 이제 해가 지려고 하지? 해가 저쪽에 보이는 서쪽 산맥 뒤로 넘어가면 당연히 반대쪽 대지는 어두워지겠지. 하지만 저 산맥보다 높은 이 탑에서 보면 여전히 산

맥 뒤쪽에 있는 해를 볼 수 있거든. 탑에 있는 우리가 밤을 보려면 해가 산맥 뒤쪽으로 완전히 더 내려가야 해. 그리고 그 차이로 발생하는 멋진 모습을 확인할 수 있어.

나는 로봇이 하는 말을 들으며 탑 아래 대지가 어두워지는 순간을 보았다. 하지만 태양은 여전히 눈앞에서 빛나고 있었다.

자, 이제 어둠이 탑을 타고 올라오는 장면을 볼 수 있을 거야. 속도가 꽤 빠를 테니 잘 지켜봐.

로봇이 말한 대로였다. 탑 아래쪽, 어둠과 빛의 경계선이 탑을 타고 오르기 시작했다. 서쪽 끝에선 태양이 산맥 뒤로 차츰 사라지고 있었다. 처음에 어둠이 탑을 타고 오르는 속도는 느렸지만 오르면 오를수록 빨라지더니 급기야 순식간에 내가 있는 창문을 지나쳐버렸다.

"진짜 끝내준다! 순식간에 어둠이 여기까지 올라와버렸어!"

자, 그럼 내 역할은 이것으로 끝이 났고, 아쉽지만 이제 우리가 헤어져야 해.

"뭐야? 이렇게 갑자기? 다시 만난 지 고작 몇 분

정도밖에 안 지났잖아."

하지만 중력 때문에 더 이상 올라갈 수가 없어.

"이제 정말 혼자 가는 수밖에 없는 거야?"

어차피 계속 혼자였잖아. 그리고 가다 보면 사람들을 만날 수 있을 거야. 그리고 탑 안에서 1년의 시간은 탑 밖에서 24시간과 맞먹어. 여기 온 지 사흘이 지났으니 실제 밖에서의 시간은 10여 분밖에 흐르지 않은 셈이지. 그러니 앞으로 몇 달 동안 끼니 걱정은 하지 않아도 돼. 그 정도 시간이라면 그곳에 충분히 도착할 수 있겠지?

로봇은 그 말을 끝으로 사라져버렸고, 그러고 나서 다시 며칠이 흘렀다. 어느 시점이 지나자 며칠이 흘렀는지 가늠할 수 없는 시간이 찾아왔다. 나는 시간 헤아리기를 포기했다.

어느 날엔 탑을 오르다가 문득 창문을 통해 탑 아래를 내려다보았다. 그러고 나서 탑 위쪽도 올려다봤는데, 아래쪽이나 위쪽이나 별 차이가 없다는 사실을 알게 되었다. 아래쪽을 봤을 때 탑은 바늘처럼 가늘어졌다가 결국 구름 아래로 사라졌고, 위쪽 역시, 탑 정상이 보이기 전에 구름 위로 사라졌다.

탑의 정상이라는 것이 정말 있긴 있는지, 이러다 우주 밖으로 나가는 건 아닌지, 하는 의구심이 들기도 했다.

로봇과 헤어진 후 나는 아무와도 마주치지 않은 채 비슷한 속도로 계단을 올랐다. 다들 나와 비슷한 속도로 올라가고 있다는 의미이기도 했고, 중간에 포기하고 내려오는 사람이 없다는 뜻이기도 했다.

얼마나 많은 사람이 그곳에 도착하는 걸까. 그곳까지 가려면 앞으로 며칠을 더 올라가야 할까. 그곳엔 과연 무엇이 있을까. 무엇을 볼 수 있을까. 이 탑은 어떻게 끝이 나는 걸까. 끝이 있긴 있는 걸까.

30일이 지났는지 40일이 지났는지 혹은 그 이상이 걸렸는지 도통 가늠할 수 없던 어느 날 저녁, 계단 한쪽에 기대앉아 있는 남자를 만나게 되었다. 30대 정도의 서남아시아 쪽 사람으로 보였다. 너무 오랫동안 사람을 못 만났기 때문에 반가운 마음이 컸지만 언어가 통할지 잠깐 의문이 들었는데 그것도 금세 사라지고 말았다. 외국인이 날 보더니 오른손을 들며 이렇게 말했던 것이다.

"오, 반가워요."

뭐야, 한국말 할 줄 알잖아!

"저도 반갑습니다. 정말 오랜만에 사람을 만나네요."

"그렇습니까? 전 대략 나흘 만에 만나는 겁니다."

"나흘 전에 이곳을 통과한 사람이 있었나 보네요."

"처음 만난 건 닷새 전이었죠. 그리고 하루 정도 함께 계단을 오르다가 전 이곳에서 쉬기로 마음먹었고, 그분은 계속 올라갔죠."

왠지 여유로워 보이는 사람이었다. 이쯤 올라오다 보면 시간이 얼마나 흘렀는지도 알 수 없고 내가 어디 있는지도 알 수 없으며 얼마나 더 가야 목적지에 도착할 수 있는지도 알 수 없어 초조해질 만도 한데, 이 사람은 그렇게 보이지 않았다.

"계속 올라가지 않고 여기서 쉬고 있는 이유가 궁금하겠죠?"

딱히 궁금한 것까지는 아니었지만 상대가 저렇게 말해왔으니 매너 있게 대처하기로 했다.

"이유가 있습니까?"

"굳이 정상에 올라갈 필요가 없거든요."

"왜죠?"

"이미 한 번 올라갔던 경험이 있으니까."

"올라간 적이 있다고요? 근데 또 올라가는 거예요?"

"만나는 사람들한테 말해주려고요. 그곳에 무엇이 있는지."

순간, 그곳에 무엇이 있습니까, 라는 질문이 혀끝에서 맴돌았다. 하지만 차마 입 밖으로 내뱉을 수는 없었다. 왠지 판도라의 상자를 열기 직전의 마음이었다고 해야 할까. 다른 사람에게 듣는 것보다는 내가 직접 보는 편이 낫겠다는 판단도 있었다.

"도착할 때까지 시간은 얼마나 걸립니까?"

"여기까지 올라오는 데 얼마나 걸렸는지 기억하세요?"

나는 고개를 저었다.

"저도 마찬가지예요. 두 번째 오는 만큼 날짜를 하루하루 잘 체크하자, 처음처럼 무턱대고 올라가지 말자, 생각해서 꼬박꼬박 체크하면서 올라왔는데, 어느 순간 까먹고 말았어요. 지금으로선 엄청나게 오래 걸렸다는 것 정도밖엔 기억나지 않아요."

결국 무작정 올라가는 수밖에 없나 보다. 어쨌거나 정상이 존재하고, 그곳이 존재한다는 말을 들은 것만으로도 큰 힘이 된다. 어느 정도는 위안이 되는 것 같기도 하다. 무엇보다 실제로 그곳에 갔다 온 사람이 눈앞에 존재하고 있으니 말이다.

"며칠 전에 같이 있었다는 분, 그분한텐 그곳에 대해서 알려줬습니까?"

"당연하죠. 물어봤으니까요."

묻기만 하면 알려주나 보군.

"그곳에 대해 듣고 나서도 쉬지 않고 계속 올라갔군요."

"자기 눈으로 직접 보고 싶은 마음이 더욱 강해졌기 때문이겠죠."

나도 이 사람에게 그곳에 대해 들으면 직접 보고 싶은 마음이 커질까. 외려 안 가도 되겠다는 생각이 들진 않을까.

어쩌지? 물어볼까?

아니다. 그냥 묻지 말자.

"하하하하하."

외국인이 갑자기 웃음을 터뜨렸다.

"왜 웃죠?"

"무슨 생각이 그렇게 많아요?"

"그게 무슨 말입니까?"

"왜 정말 궁금한 건 안 물어보세요?"

"정말로 궁금한 거라뇨?"

"그곳에 대해서. 그곳에 무엇이 있는지에 대해서."

그곳에 다녀오면 다른 사람의 속마음을 읽는 능력이라도 생기는 걸까. 기왕 저쪽에서 먼저 말을 꺼냈으니 자연스럽게 물어볼까.

"듣기 싫은데 굳이 억지로 그곳에 대해 말할 생각은 없어요."

"아니에요, 말 나온 김에 알려주세요. 궁금하긴 한데, 한편으론 시험 치기 바로 전날 시험지 빼돌려서 미리 보는 것 같은 기분이 들어서 꺼려지는 기분도 들거든요."

"하하하, 이상한 비유네요. 어쨌거나 그러면 이야기해드리죠. 어디서부터 말씀드릴까. 우선 정상에 도착하기 직전에 있었던 일부터 말해볼게요."

아, 얼떨결에 판도라의 상자를 열고 말았다. 상자 안에 뭐가 들어 있을까. 이 이야기를 듣고 나는 더욱 힘을 내 올라가게 될까, 아니면 허탈한 마음으로 내려가게 될까.

"계단을 끝까지 올라가면 마지막엔 강철 천장이 나와요. 아주 두꺼워 보이는, 단단한 강철 천장. 손을 뻗었을 때 바로 닿았으니 2미터가 조금 넘는 높이였을 거예요. 처음에 그 천장을 맞닥뜨렸을 땐 온몸에 힘이 쭈욱 빠지는 것 같더라고요. 수백 일, 수천 시간 힘겹게 올라왔는데 눈앞에 나타난 정상이란 게 고작 강철 천장이라니, 이 위로는 더 이상 올라갈 수 없단 말인가, 결국 그곳이라는 곳은 풍문으로만 존재하는 장소인가, 이런 부정적인 생각들로 가득했죠. 더 이상 위로 올라갈 수 없다는 생각에 힘이 빠져 바닥에 드러누워 멍하게 천장만 바라봤어요. 그냥 멍하니. 실제로 힘이 없기도 했으니까. 그럼에도 불구하고 일말의 기대를 놓지 않았는데, 그렇게 드러누운 채 강철 천장을 구석구석 살펴보다 보니 천장 한쪽 구석에 1부터 9까지 아홉 개의 버튼이 있는 걸 발견하게 됐어요. 자세히 보지 않으면 눈에 잘 띄지도 않는, 강철 천장과 비슷한 색깔의 자그마한 버튼. 자리에서 벌떡 일어나 버튼 하나를 눌러봤어요. 버튼 바로 옆에 액정이 뜨더니 숫자가 표시되더라고요. 일종의 비밀번호처럼. 총 네 자리의 비밀번호. 이 비밀번호를 풀면 강철 천장이 열릴 것이고, 나는 그곳으로 갈 수 있을 것이다, 하는 희망이 들어차기 시작했어요. 그때부터 고개를 쳐들고 몇 시간 동안 그것만 누르기 시작했죠. 9999부터 시작해서 하나씩 내려가는 방식으로."

"그러다 결국 문을 열었군요."

"당연하죠! 비밀번호가 딱 들어맞는 순간, 구오오오오오오, 하는 소리가 나더니 강철 천장의 가운데 부분에 금이 가기 시작했어요. 이제 뭔가 일이 일어나나 보다, 잔뜩 긴장하고 있는데, 크르르르르릉, 하는 소리와 함께 천장이 좌우로 갈라졌어요. 아, 드디어 그곳으로 가는구나, 하는 생각에 기쁘기도 했는데, 한편으론 두려운 마음도 있었어요. 천장 내부가 완전히 캄캄했거든요. 어디에서 뭐가 튀어나올지 알 수 없는 기분이 들었지만, 그래도 어쩌겠어요, 여기까지 왔는데. 심지어 천장 문까지 열렸는데 안 들어갈 순 없죠. 그래서 점프를 해서 안으로 들어갔어요. 올라가면서 잔뜩 긴장한 채로 주변을 둘러보고 있는데, 갑자기 문이 크르르릉, 소리를 내면서 닫히더라고요. 그러고 나서는 완전한 암흑이었죠. 어둠보다 깊은 어둠, 암흑 속 진짜 암흑 안에 들어온 듯한 기분. 이제 어떻게 해야 할까. 그곳이라는 게 설마 이런 암흑은 아니겠지. 이게 전부인가. 온갖 걱정이 들었지만 아무것도 보이지 않으니 우선 가만히 서 있을 수밖에 없었어요. 그렇게 시간이 얼마나 지났으려나, 갑자기 어마어마한 광경이 눈앞에 펼쳐졌어요. 마치 제가 있던 곳이 탑이 아닌 것 같은, 그런 놀라운 광경이었어요."

눈앞에 펼쳐진 것은 절벽이었다.

절벽에는 적갈색 흙 외에는 아무것도 없었다. 절벽에 흔히 있을 법한 돌멩이나 잡초 같은 것도 눈에 띄지 않았고, 바람도 없었고 소리도 없었다. 다만 100미터쯤 떨어진 곳에 또 다른 절벽이 마주하고 있을 뿐. 맞은편 절벽의 상황 또한 이곳과 다를 바 없는 듯했다.

왜 갑자기 이런 곳이 나타났지.

나는 몸을 수그린 채 천천히 절벽 끝으로 다가갔다. 조심스레 머리를 절벽 바깥으로 빼내 몇백 미터쯤 될 것 같은 아래쪽을 내려다보았다.

처음에 그것은 어떤 물결처럼 보였다. 잔잔한 물

결이 질서정연하게 흘러가는 듯한 모습. 하지만 아니었다. 시간이 지나자 추상화처럼 보이던 이미지가 구체적으로 시야에 들어오기 시작했다. 몇백 미터 아래에서 물결처럼 움직이고 있던 건, 다름 아닌 사람이었다. 인파였다. 수많은 사람이 마치 파도처럼 넘실대고 있었다. 맞은편 절벽과 이쪽 절벽 사이에서 모두 한 방향으로 움직이고 있었다.

높은 곳에서 내려봤기 때문이었을까, 처음엔 그들이 사람처럼 보이지 않았다. 다른 것보다 그들에게선 생명의 흔적을 찾아볼 수 없었다. 그들이 사람이라는 사실을 깨닫고 나서도 자꾸만 내 눈을 의심했다.

어째서 저런 곳에 저렇게 많은 사람이….

그나저나 저 사람들은 다 같이 어디로 가는 걸까. 나 역시 저 무리에 끼어 함께 가야 하는 게 아닐까. 그것이 현재 나의 상황에서, 이곳이 어디인지 어디로 가야 하는지 알 수 없는 나의 상황에서, 가장 합리적인 판단이 아닐까. 뒤처지기 전에 저 무리에 합류하려면 이 절벽에서 내려가야 할 텐데, 내려가는 길을 찾을 수 없다.

그 순간.

아들, 뒤를 돌아봐.

아버지의 목소리였다.

"아버지? 어디 계세요? 목소리가 어디서 들리는 거예요?"

지금 중요한 건 그런 게 아니다. 얼른 뒤를 돌아봐.

뒤를 돌아보자 아까까지만 해도 존재하지 않았던 헬리콥터 한 대가 눈에 들어왔다. 까마귀 깃털처럼 새까만 헬리콥터. 헬리콥터 문은 열려 있었고, 안에는 아무도 없었다.

저 헬리콥터를 타고 건너편 절벽으로 가야 해.

이게 갑자기 무슨 뚱딴지같은 소리지?

무엇보다.

"전 헬리콥터 조종할 줄 몰라요."

그건 아무 문제 없어. 좌석에 앉는 순간 넌 헬리콥터 조정법을 체득할 수 있을 테니까.

내가 헬리콥터를 조종할 수 있다고?

정말?

그 말을 듣는 순간 내 현재 상황 따위 잊어버린 채 갑자기 흥분감이 차오르기 시작했다. 유명 연예인이나 특수한 상황에서만 탈 수 있는 헬리콥터를 이제 곧 타게 된다. 심지어 내가 직접 조종하는 헬리콥터를 타는 것이다. 언제 다시 올지 모르는 기회! 나는 설레는 마음을 경쾌한 발걸음에 고스란히 드러내며 헬리콥터로 향했다.

그러다 문득 이런 의문이 들었다. 근데, 잠깐. 헬리콥터를 타고 저쪽 절벽으로 건너간다 한들 달라질 게 있나? 여기나 저기나 별반 다를 게 없는데. 저쪽으로 건너간다고 해서 절벽 아래로 내려갈 수 있는 건 아니잖아. 헬리콥터를 타는 건 신나는 일이긴 하지만.

"아버지, 저쪽 절벽으로 건너가고 나서 제가 뭘 해야 하죠?"

일단 건너가고 나면 모든 게 순조롭게 해결될 거다. 가보면 알 수 있을 거야.

그런가? 그럼, 두 번 세 번 고민할 필요 없이 우선 저쪽으로 넘어가고 나서 생각하자.

뭐가 우선 저쪽으로 넘어가고 나서 생각하자야!

깜짝이야.

넌 헬리콥터를 타서도 안 되지만 저쪽으로 넘어

가선 더더욱 안 돼!

"뭐야, 로봇이었구나. 넌 또 어디 있다가 갑자기 튀어나온 거야? 어디서 나한테 텔레파시를 보내고 있어?"

그건 알 필요 없고, 너 당장 거기서 뛰어내려!

"여기서 뛰어내리라니? 설마 이 절벽에서 뛰어내리라는 말은 아니겠지?"

맞아, 그 절벽에서 뛰어내려야 해. 그래야 이곳을 벗어날 수 있어. 내가 그만큼 방해하는 존재를 조심하라고 했건만.

"누가 날 방해하는 존재고 누가 그렇지 않은 존재인지 알 방법이 없잖아. 그건 어쩌면 시간이 지나고 나서도 알기 어려운 문제일지도 몰라."

아들, 갑자기 거기 서서 뭐 해? 어서 헬리콥터 타야지.

"잠깐만요. 이제 갈 거예요."

지금 그럴 때가 아니라고! 헬리콥터 타면 안 된다니까. 얼른 절벽에서 뛰어내려야 한다고!

"그게 무슨 터무니없는 소리야! 이 높이에서 뛰어내리라니, 나보고 죽으라는 말이야? 그동안 나 도와

줘서 고마운데, 그냥 하는 말이 아니라 정말 고마운데, 여기까지 와서 그렇게 말할 필요는 없잖아."

죽으라는 말이 아니야. 죽을 각오를 하라는 말이지. 넌 지금 굉장히 안 좋은 상황에 처했어. 죽을 각오를 하지 않는 이상 거기서 벗어나기 어려워.

"그래서 이 절벽에서 뛰어내려야 한다?"

물론이지.

"어딘가 내려가는 길이 있지 않을까? 게다가 난 낙하산도 없다고. 아니다, 그냥 이 헬리콥터 타고 저쪽 절벽으로 건너가는 편이 나을 것 같아."

아들, 더 이상 우물쭈물하고 있을 시간이 없다. 네가 있는 절벽이 몇 분 안에 무너질 거야.

"로봇, 너도 들었지? 이 절벽이 곧 무너진대."

이제 네가 선택할 일만 남았어. 다시 말하지만, 그 헬리콥터를 타선 안 되고, 저쪽 절벽으로 건너가선 더더욱 안 돼.

미안, 로봇, 이런 일로 목숨을 걸 수는 없다고. 낙하산도 없이 절벽에서 뛰어내리라니. 난 손오공도 아니고 슈퍼맨도 아니라고. 그냥 평범한 인간이야. 어느 누가 맨정신으로 절벽에서 뛰어내릴 수 있겠어.

고맙긴 한데, 이젠 내가 알아서 판단해야 할 것 같아. 언제까지 네 말만 듣고 살 수는 없으니까.

나는 결심을 굳히고 헬리콥터에 몸을 실었다. 문을 닫으려 했으나 닫히지 않았다.

원래 그 문은 안 닫히는 문이란다. 안전벨트를 하고 있으면 안전하니까 걱정할 필요는 없지.

아버지의 말을 듣고 나는 곧장 조종석 쪽으로 자리를 옮겼다. 기능을 알 수 없는 각종 스위치와 무엇을 나타내는지 알 수 없는 온갖 계기판들이 눈에 들어왔다. 정말 이걸 내가 조종할 수 있다고? 그런 생각을 하자 다시 두근거리는 마음이 커졌다. 나는 조종석에 앉아 십자 안전벨트를 맸고 조종석 옆에 있던 안전모도 착용했다. 안전모엔 마이크가 달려 있었다.

"아아, 잘 들리나, 오버."

"아아, 잘 들립니다, 오버."

"이제부터 안전모에 있는 스피커로 내 목소리가 들릴 거다, 오버."

"이제부터 여기 달린 마이크에 말하겠습니다, 오버. 근데 이 헬리콥터, 정말 제가 조종할 수 있습니까?"

"물론이고말고. 앞에 보이는 스틱형 조종간을 잡

고 있으면 조종 기술이 저절로 체득될 것이다."

나는 좌석 바로 앞에 있는 조종간을 바라보았다. 이걸 잡고 있기만 하면 된다고? 그럼 정말 헬리콥터를 조종할 수 있게 된다고?

떠오르는 의구심을 떨쳐내며 나는 아버지의 말대로 조종간을 붙들었다. 얼마간 잡고 있었지만 지식이 투입된다는 느낌은 받을 수 없었다. 의식적으로든 신체적으로든 아무 변화도 느껴지지 않았다.

"아버지, 어떻게 된 거예요? 달라진 게 없는데요?"

"아니다, 이제 다 됐다. 넌 헬리콥터를 조종할 수 있게 됐어."

아버지의 말이 끝나자마자 나는, 정확하게 말하면 내 몸은, 내 두뇌의 의지와는 무관하게 척척 움직이기 시작했다. 알 수 없는 스위치들을 하나씩 착착 켜고 버튼을 눌렀다. 부우우우우우우웅, 하는 소리와 함께 프로펠러가 돌아가기 시작했다. 그러고 나서 나는, 아니 내 몸은, 조종간을 잡아당겼고, 헬리콥터는 서서히 이륙하기 시작했다.

"떠요! 헬리콥터가 뜨고 있어요!"

"침착하렴, 아들. 이제 저쪽 절벽으로 가자."

헬리콥터의 방향이 건너편 절벽 쪽으로 향했다. 가까운 거리니 금세 도착할 것이다. 좀 더 오래 타고 싶은데 곧 내려야 할 생각을 하니 벌써부터 아쉬웠다.

그때 갑자기 부르르르르, 하고 바지 주머니가 떨렸다.

잠시 후, 다시 부르르르르.

난데없이 웬 전화지?

나는 바지 주머니에서 핸드폰을 꺼내 액정에 뜬 이름을 확인했다. 민정이었다.

민정이라고?

"여보세요."

"야, 너 빨리 내려와!"

"뭐? 갑자기 어디로 내려오라고?"

"당연히 나 있는 곳으로 내려와야지!"

"네가 어디 있는데?"

"그건 몰라도 되니까 지금 당장 거기서 내려와!"

"무슨 소리 하는 거야. 네가 어디 있는지도 모르는데 어디로 어떻게 내려오라는 거야? 그리고 나 지금 헬리콥터 타고 있어서 못 내려가. 헬리콥터 착륙한 뒤에 내려갈게."

"안 돼, 안 돼. 지금 당장 내려와야 해. 안 그러면 우리 사이 끝나는 거야."

그러고는 뚝, 전화가 끊겼다.

"여보세요? 여보세요?"

뭐야, 얘. 정말 끊었나? 자기 할 말만 하고 딱 끊어 버리네. 진짜 어이가 없다. 갑자기 전화해서 말도 안 되는 소리만 하고 있고. 우리 사이가 끝난다니, 우리가 언제 연인 사이라도 됐었나, 끝나고 자시고 할 게 뭐가 있다고.

"아들, 그대로 방향을 유지하면 된다."

"네."

로봇도 그렇고 민정도 그렇고 왜 자꾸 날 가만두지 않는 걸까. 절벽에서 뛰어내리라고 하지 않나, 이제는 헬리콥터에서 뛰어내리라고 하네. 하하하하. 그냥 이거 타고 있으면 건너편 절벽에 도착하잖아. 정 안 되면 거기에서 뛰어내려도 상관없을 텐데.

그때 다시 핸드폰이 진동했다. 이번에도 민정이었다.

"여보세요."

"뭐야? 너 아직도 거기에서 안 내렸어? 너 정말 나랑 끝내고 싶어?"

"끝내다니 무슨 소리 하는 거야. 너랑 나랑은 그냥 친구 사이잖아."

"나, 너 좋아한단 말이야!"

콩닥.

"너 지금 무슨…."

"나 너 좋아한단 말이야! 그러니까 당장 거기서 내려! 안 그러면 정말 더 이상 나 못 만날 줄 알아!"

그렇게, 민정은 자기 할 말만 내뱉고 나서 다시 뚝, 전화를 끊었다.

날 좋아한다고?

정말 날 좋아한다고?

여기서 내리지 않으면 더 이상 만날 수 없다고?

민정과 못 만나면서까지 저쪽 절벽으로 갈 이유가 있을까? 저쪽으로 간다고 해도 앞으로 어떤 일이 벌어질지 모른다.

나는 먼저 오른쪽 벨트를 풀었다.

지금 내가 알 수 있는 건 저쪽으로 건너갔다간 다시는 민정과 만날 수 없다는 사실.

나는 왼쪽 벨트도 마저 풀었다.

"아들, 갑자기 왜 벨트를 푸는 거냐?"

"여기서 내리려고요."

"이제 곧 착륙하는데 거기서 내린다니. 거기서 내리면 죽어. 장난하지 말고 다시 벨트 착용해라."

하지만 난 아버지의 말을 무시한 채 안전모까지 벗고 자리에서 일어났다. 조종간을 놓은 지 오래지만 헬리콥터는 스스로 건너편 절벽을 향해 날아가고 있었다.

역시, 이 헬리콥터는 내 조종 능력과는 무관하게 움직이고 있었어.

잠깐이긴 하지만 헬리콥터도 타봤겠다, 이 정도면 충분히 만족할 수 있어.

나는 아래쪽을 내려다보았다. 처음 봤을 때와 마찬가지로 수많은 사람이 한쪽 방향을 향해 물결치듯 움직이고 있었다.

지금 있는 곳은 절벽에 있을 때보다 몇십 미터는 더 높은 곳이야. 여기서 뛰어내리면 분명 죽을 테지.

아닌가, 로봇이 죽을 각오로 뛰어내리라고 했지 죽을 거라고는 안 했잖아.

어쨌거나 아래쪽에선 민정이 기다리고 있을 것이다. 저쪽 절벽으로 넘어가면 뛰어내릴 기회를 상실

하고 만다. 민정이와 못 만나게 될지도 모른다.

지금 뛰어내려야만 민정이를 만날 수 있다.

너 좋아한단 말이야!

이런 고백까지 들은 마당이다.

다시 핸드폰이 진동한다.

민정이다.

그래, 알았다 알았어.

네 말대로 이제 정말 뛰어내린다!

숨을 크게 들이쉬었다가 내쉬고.

하나, 둘, 셋!

나는 헬리콥터에서 점프해서 아래로, 수많은 사람이 물결처럼 움직이는 곳을 향해 뛰어내렸다.

3부

캄캄하고 눅눅하다. 불쾌하다. 불빛이 보이기는 하지만 전반적으로 어두운 곳이다.

여긴 어디지?

문득 바지 주머니에 있던 핸드폰이 진동하는 것이 느껴진다. 꺼내 보니 발신자의 이름은 장민정. 시각은 오전 04시 07분.

민정이 이런 시간에 전화를 한다고?

전화를 받으려고 통화 버튼을 누르려 했으나 그 바로 직전, 전화가 끊어지고 말았다. 전화가 끊어졌다기보다는 배터리가 다 돼서 핸드폰 자체가 꺼져버렸다.

무슨 일 있나? 참, 그러고 보니 민정이 지금 며칠째 잠적 중이라고 했잖아?

하지만 의문은 오래가지 않았다. 뒤통수에서 통증이 느껴졌기 때문이다. 오른손을 통증이 느껴지는 곳에 갖다 대니 손끝에 피딱지 같은 게 느껴졌다. 피딱지가 있는 부분을 중심으로 뒤통수 일부가 조금 부풀어 오른 것 같기도 했다. 손끝을 확인해보니 핏자국이 살짝 묻어났다.

내가 있는 곳은 계단의 아랫부분이었다. 아무래도 예상치 못한 사고로 쓰러져 있었던 것 같다. 발을 헛디뎠든지 뭔가를 잘못 밟고 미끄러졌을 테고, 술을 마신 탓에 균형 감각을 발휘하지 못한 채 그대로 쓰러진 것이다. 그러는 통에 뒤통수를 계단에 찧었고 한동안 정신을 잃었던 것이다.

그나저나 내가 있는 곳이 어디인지 알 수 없다. 어디서부터 기억이 끊겼지? 분명 종윤과 술을 먹고 이수역 방향으로 걸었던 것까지는 기억이 난다. 원래는 동작역 방향으로 가서 동작대교를 건널 계획이었던 것까지도 기억이 난다. 하지만 어디에서 길을 잘못 들었는지 눈앞에 나타난 건 동작역이 아니라

구반포역이었고, 하필 그때 핸드폰 배터리가 다 돼서 지도 애플리케이션으로 내가 있는 곳을 확인할 수 없었고, 에라이 모르겠다 갈 데까지 가보자 어디든 나오겠지 하는 심정으로 무작정 걸었고, 한강공원이 300미터 남았다는 푯말을 본 것 같고, 올림픽대로를 따라 걷다가 자동차 소리가 시끄러워 한강 쪽에서 걷는 게 낫겠다 싶어 눈에 보이는 터널로 들어갔고, 터널엔 민들레 포자가 많았고, 새벽 3시가 다 된 시간임에도 사람들이 드문드문 보였고, 계속 걷다 보니 어느새 눈앞에 다리가 보였으니 그것이 바로 반포대교였는데, 이 다리를 건너 강북으로 가야 했지만 반포대교로 곧장 올라갈 수 있는 계단이 보이지 않았고, 대신 차도와 연결된 지하 인도가 보여서 그쪽으로 가봤더니, 아, 이제 기억난다, 처음 나간 곳은 반포대교 반대편 고속버스터미널 쪽 길이라 길을 잘못 들었잖아 투덜거리며 다시 내려오다가 아마도 발을 삐끗했든지 계단에 있는 무언가, 그러고 보니 발 아래쪽에 조금 찌그러진 음료수 캔이 보이네, 이걸 밟고 몸의 균형을 잃은 채 그대로 쿵, 쓰러진 것 같다.

그리하여 한동안 정신을 잃었고, 시간이 시간이니만큼 이런 어두운 길을 지나다니는 사람은 없었을 테고, 만약 누군가 지나갔는데 나를 술 취한 사람이나 부랑자라고 생각하여 모른 척하고 지나갔다면 마음이 아플 것 같기도 하지만 만약 내가 그 사람 입장이라도 그냥 지나치지 않았을까, 싶은 생각도 한편으로는 든다. 그냥 아무도 지나가지 않았다고 생각하는 편이 정신건강에 좋을 것 같긴 하지만.

어쨌거나 한 시간 남짓 쓰러져 있었던 것 같다.

잠깐. 분명 내 핸드폰, 배터리가 나간 상태였잖아. 방금 민정에게 전화 걸려 온 것 아닌가. 헛것을 봤나.

핸드폰을 꺼내 전원 버튼을 눌러봤지만 아무 변화도 없었다.

전화가 와서 진동이 올 정도면 배터리가 있어야 하지. 근데 종윤과 헤어지고 얼마 안 있어 배터리가 나갔잖아. 그 덕에 내가 어디 있는지 확인하지도 못한 채 무작정 걸을 수밖에 없었고. 진작 택시를 잡아 탔으면 지금쯤 따뜻하고 쾌적한 집에서 편히 잠들었을 텐데, 조금이나마 돈 좀 아껴보려다 뒤통수에 피딱지를 남긴 채 이런 찝찝한 곳에 앉아 있는 거고.

이것도 경험이라면 경험일까. 언젠가 소설에 써먹을 수 있는 경험일까.

정신이 들고 나니 통증이 몰려온다. 발목이 아프다고 생각한 순간 발목뿐 아니라 허리, 엉덩이, 팔뚝도 욱신거리기 시작한다. 아마 넘어지면서 골고루 부딪혔기 때문일 것이다. 그 덕에 뒤통수에 가야 할 충격이 완화되긴 했겠지만.

우선 여기에서 나가자. 언제까지 이곳에 주저앉아 있을 순 없으니.

나는 아픈 몸을 이끌고 다리를 조금 절룩거리며 밖으로 나왔다. 아까, 그러니까 음료수 캔을 밟고 발을 헛디디기 전에 나왔던 그곳으로 다시 나왔다. 한번 잘못 나온 곳으로 다시 잘못 나온 것이다. 하지만 다시 내려가고 싶지는 않았다. 실수로 다시 넘어져 기절할 가능성은 거의 없겠지만, 그냥 왠지 불쾌한 기분이 들었다.

도로에 건널목이 있었기 때문에 굳이 다시 내려갈 필요는 없었다. 이런 시간에도 자동차가 조금 있었는데, 차량 수가 적은 만큼 무지하게 빨리 달렸다. 나는 자동차를 피해 건널목을 건넜고, 마침내 반포대교에 도착했다. 원래 가고자 했던 곳은 동작대교였지만, 정작 도착한 곳은 반포대교였다.

반포대교를 중간쯤 건넜을 때 문득 기시감 같은 것이 느껴졌다. 이전에도 한 번 와본 듯한 느낌. 다리에서 누군가와 대화를 나눈 듯한 느낌. 그리고 난 의문의 음료수를 받아 들었고….

더 이상 기억나지 않는다. 단순히 기시감일지도 모른다. 기시감 자체를 단순한 일로 치부해도 될지는 모르겠지만.

문득 민정이 다시 떠올랐고, 어쩌면 진짜로 전화가 왔는지도 모르겠다는 생각이 들었다. 배터리가 없었음에도 불구하고 핸드폰이 잠깐이나마 진동을 한 것이다. 민정이 자기 핸드폰으로 전화를 했다는 말은, 지금 민정이 서울에 있다는 의미가 된다. 며칠 동안의 여행을 마치고 집으로 복귀했다는 말이다.

그렇다면 지금 내가 해야 할 일은 당장 집으로 가서 핸드폰을 충전해 민정에게 전화하는 일일 테다. 민정이 피곤을 못 이기고 잠들어버리기 전에.

평소와 다름없이 전화할 것이다. 이 시간에 웬일로 전화했냐고, 어디 여행 갔다더니 이제 도착했냐고, 아무 일도 없었냐고, 설마 심경의 변화라도 생긴 게 아니냐고.

아니다, 아니다. 그냥 민정에게 전화를 걸어 가만히 민정이 하는 말을 듣는 것만으로 충분할지도 모른다. 민정이 아무 말도 하지 않는다면 그 침묵마저 가만히 듣고 있을 것이다.

우리는 아마도 계속 친구로 남을 것이고, 어쩌면 이전의 친구 사이와는 조금 다른 사이로 바뀌게 될지도 모른다. 엄청난 일이 벌어질지도 모르고, 어쩌면 평소와 다름없이 지내게 될지도 모른다.

어떤 일이 일어나든 받아들일 것이다.

그 전에 우선, 이 다리를 건너자.

〈끝〉

작가의 말

 이 소설의 초고는 약 10여 년 전, 현재 출간된 버전보다 150매쯤 많은 분량으로 완성하지 않았나 싶어요. 집 근처 프랜차이즈 커피숍에 정해진 시간에 가서 복층의 유리창 쪽 테이블에 앉아 아이패드 미니와 무선 키보드로 집필했던 것 같고요. 그 후, 어딘가에 투고하기엔 어정쩡한 분량이었음에도, 비정기적으로 원고를 살펴보며 깎아내고 덜어내는 식으로 수정을 거듭했어요. 그러는 와중에 이 소설을 왜 계속 붙들고 있을까 그럴 만한 가치가 있는 소설일까 비판적으로 자문하기도 했지만, 루이스 캐럴의

〈이상한 나라의 앨리스〉나 쓰쓰이 야스타카의 〈꿈의 기사카 분기점(夢の木坂分岐点)〉 등의 소설을 읽으며 제 나름의 답을 얻기도 했죠. 가치는 잘 모르겠지만 계속 붙들고 있어도 괜찮겠다. 그러는 한편 다양하게 궁리하며 에피소드별로 완전히 분해해서 다른 소설들과 붙여보기도 했는데 여의치 않았고, 결국엔 지금 보시는 것처럼 완성된 형태로 출간하게 됐어요. 다행이라고 생각해요.

이번에 원고를 수정하고 교정을 보면서 새삼 깨달은 사실은, 초고를 쓰던 당시에는 인식하지 못했으나 그 무렵 꽤 혼란하고 곤란한 시기를 보냈던 게 아닌가 하는 점이었어요. 소설 속 박대겸은 왜 저렇게 쫓고 쫓기는 삶을 살고 있는 것인가. 그렇게 살 수밖에 없는 것인가. 그러다가 문득 생각이 널뛰기를 해서, 그렇다면 혹시, 비슷하게 혼란하고 곤란한 시기를 보내는 분들이 이 소설을 읽는다면 조금이나마 힘을 얻을 수도 있지 않을까… 하는 주제넘은 생각이 들기도 했지만, 서사 전개가 그리 흔한 방식이 아니기에 어쩌면 제 바람에 머물지도 모르겠어요.

이번에도 책으로 출간되기까지 많은 분의 도움을

받았어요. 먼저 원고를 재미있게 읽고 출간을 결정해주신 아작 편집부에 감사의 인사를 드릴게요. 또한 책 디자인을 담당해준 김선예 씨와 이수정 씨, 마케팅을 담당해줄 박동준 씨께도 감사의 말씀을 드려요. 각주에서 언급한 작품 외에도 테드 창의 〈당신 인생의 이야기〉나 마이조 오타로의 〈아수라 걸〉을 참고하여 쓴 부분이 있어요. 기존 작품들은 장르를 불문하고 언제나 창작의 원천이라고 생각해요. 그러므로 마지막으로, 과거에 접했고 앞으로 접할 다양한 분야의 작가님들께도 감사의 말을 남길게요.

박대겸

dot. 23
이상한 나라의 소설가

초판 1쇄 발행 2025년 9월 10일

지은이	박대겸
펴낸이	박은주
디자인	김선예, 이다솔, 이수정
마케팅	박동준
발행처	(주)아작
등록	2015년 9월 9일 (제2015-000140호)
주소	10542 경기도 고양시 덕양구 청초로 19
	아이에스비즈타워센트럴 A동 707호
전화	02.324.3945-6　　**팩스**　02.324.3947
이메일	arzaklivres@gmail.com
홈페이지	www.arzak.co.kr
ISBN	979-11-6668-823-2 04810
	979-11-6668-800-3 04810 (세트)

ⓒ 박대겸, 2025

책 값은 표지 뒤쪽에 있습니다.
잘못 만들어진 책은 구입하신 서점에서 교환해 드립니다.